U0855474

漫娱图书
SINCE BOOKS

古 人 很 潮 MOOK 书 系

魏晋美男志

古潮编著

长江出版社
CHANGJIANGPRESS
漫娱图书

目录

CONTENTS

裴楷

西晋名士

玉山上行

人人皆知裴楷博览群书，更知他有一副清俊非凡的好皮囊。旁人曾说看见裴楷，就感觉光彩照人，仿佛自己正行走在玉山上。

裴楷的这份美貌甚至连疾病都难掩分毫，一次晋惠帝派王衍去看望患病的裴楷，病中虚弱的裴楷只是勉强地看了他一眼。

那双眼闪闪动人，如山岩下的闪电，让他见之难忘。

阮咸

竹林七贤之一

阮家的一条大道不仅分割了南北，还分出了贫富阶级差距——南侧是棚户拥挤的“贫民区”，北侧则是宽敞气派的高档住宅区。

古时有雨季后晒衣的习惯，每到夏日雨季后，便可见到北路飘挂着无数绫罗绸缎，好似簇簇锦绣花团在空中招摇。

而南路路边仅有一根破竹竿，上面晾挂着几件“新三年，旧三年，缝缝补补又三年”的旧衣服。

有人觉得阮咸晒旧衣服很奇怪，阮咸却说：“我未能免除这世俗的习惯，便就这样罢。”

阮咸曝晖

王献之

东晋书法家

唯忆离婚

他是王羲之的第七个儿子，少负盛名，才华过人，长得又一表人才，深得宰相谢安的赏识，连当时的新安公主都倾慕他的才华，招他为驸马。

这样白璧无瑕的人一生唯有一个遗憾。

王献之病重弥留之际，家人请道士到家里主持祷告，道士好奇地问他：“在你这一生中，有什么遗憾或者做错的事情吗？”

王献之思索了片刻说：“想不起有别的事，只记得和郗道茂离婚。”

谢灵运

东晋名士

才高八斗

谢灵运是山水诗派的开山鼻祖，他家世显赫、天赋非凡，从小博览群书，机智聪慧远超常人。

他曾酌酒自夸：“天下的文学之才共有一石，其中曹植独占八斗，我得一斗，其他的人共分一斗。”

但他亦有资本担得起这句狂言。

他肆意自由，有着一腔豪情，少年意气好不动人。

何晏

曹魏名士

傅粉何郎

何晏因为容貌精致俊美，皮肤细腻、吹弹可破，招来了老板魏明帝的嫉妒。

“皮肤这么白皙，是擦了什么粉吧？”魏明帝这样想着，故意在盛夏时节叫何晏入宫，还赏赐他热汤面吃。

何晏从容地吃着汤面，不一会儿便满头大汗。他抬起衣袖擦拭额头，不仅没有擦掉妆容，面色反而显得更加白净。

魏明帝：“……原来这就是传说中的天生丽质。”

对弈棋局

当苻坚率领着号称百万的大军南下时，建康城全城震恐，人心惶惶，大家都对打赢这场仗十分没信心。

眼下建康城里，只有谢安依然气定神闲地与客人对弈。

小厮急忙接过战报，此时也顾不上什么礼仪了，他慌忙闯入主人的房间，将战报呈给主人。

谢安接过战报看了一眼，便将其放在一旁，不动声色地继续下棋。

过了一会儿，眼看谢安没有开口的样子，客人忍不住问:“结果如何？”

“没什么，已经打败敌人了。”谢安淡淡地说。

在一旁偷听的小厮终于长舒了一口气，心想：太好了！不用逃命了！

自家主人也太淡定了，当真是具有喜怒不形于色的名士风度。

不过当客人走后，小厮看到自家主人也忍不住跳入室内，不小心把木屐都撞断了。

潘安

西晋名士

金谷俊游

元康六年，巨富石崇在金谷园内设宴，送别友人。当时与石崇交好的有潘岳、左思、陆机等文人名流，众人经常齐聚金谷园，或赋诗，或宴饮，被称为“金谷二十四友”。

诸葛亮

蜀汉名将

鞠躬尽瘁

这几日，诸葛亮时常忧心忡忡。

大业未成，先主刘备去世以后，留下了年幼的刘禅继以重任。

诸葛亮知道，眼下四方未定，国主羸弱，自己的考验来了。

对于先主的承诺，他从未忘过。匡扶汉室的志向，他也从未动摇。

诸葛亮看着眼前摊开的益州地图，沉思良久后，提笔写下了那篇震古铄今的《出师表》。

荀令留香

荀彧不仅是曹操麾下的重要谋士，也是一名长相清秀、通达高雅的美男子。

这天，他照常傅粉熏香后出门，前往好友家中闲谈。

刚到好友的家中，荀彧便见到好友指了指铺在地上的席子：“荀令君，你身上的熏香也忒明显了，上次你坐过的席子，现在上面还残留有你身上的香味。”

荀彧一瞧，那正是三日前，自己曾经坐过的地方。

醉卧酒家眠

谁都知道名士阮籍是喝起酒来不要命的人。

阮籍光顾酒家的次数太多，以致酒家老板有点儿怀疑，他是不是看上了自己的妻子。

否则为什么他喝醉了会躺在自己妻子旁边？

一段时间后，发现阮籍只是喝醉了随性而为，其实对他的妻子压根没正眼瞧过一下。

不愧是真名士啊，老板钦佩地想。

向秀

竹林七贤之一

思念故友

好友嵇康与吕安被害后，向秀为政局所迫，结束了隐居，前往洛阳上任。

当他路过山阳嵇康旧居时，夕阳西下，往日与好友一起打铁清谈的情景断断续续浮现于他的脑海。一时之间苦闷、无奈、悲愁齐齐涌上心头。

此时，远处传来一阵幽怨的笛声，婉转悲凉，令人动容。

向秀在忧愤的心情下，写下了著名的《思旧赋》。

魏晋名士晋升之路

文/陈归

特工代号：02　　**穿越朝代**：魏晋时期

性别：男　　**身份**：未知

系统提示：穿越开始——

1

你一睁眼便发现自己已经在系统的世界里了，可你还没收到任务卡。

算了，系统的这种操作已经见识过很多次了，你本着既来之则安之的心态，观察起所处的环境来。

还没等你把环境察看个大概，却发觉身上臭气熏天。

跳转 2
放水洗澡
倾绝环+1

跳转 4
静观其变
风流珩+1

跳转 5
主动出门
出尘佩+1

2

突然收获系统的道具提示，你不明所以，但仍自顾自地放水沐浴，并在屋里挑了套干净的衣裳换上。那套衣裳非常宽松，不重形制，想必是魏晋的着装。

一个梳着高髻的小婢来请："公子，可入席了。"

你踏入一片修竹茂林，刹那间好像世间的喧嚣尽散，脚下唯有潺潺流水。

跳转 3

3

刚随着婢子落座，你便注意到身边另一位公子正颔首自斟自饮。他一抬首，你惊觉他脂粉敷面，香气袭人。

跳转 6
竟忘了魏晋的潮流
赶紧补妆
倾绝环+1

跳转 8
不知道干什么好
干脆吟诗一首
赋才璧+1

4

你觉得身上痒痒的，估计是长了跳蚤。

一旁有个婢子来请你入席，你入场一瞧，有人正热情地跟你打招呼。你一入座，他就为你斟酒，他的宽袍长袖上结了垢，还落下一只扑腾的虫，正坠入你盏中琥珀色的液体中。

你不禁目瞪口呆，那人却闲适自若，两指微拈，掐起此虱就将其弹飞，并要你与他碰杯尽饮。

跳转 7
“不喝”
赋才壁+1

跳转 8
“喝就喝”
风流珩+1

5

被动等待向来不是你的作风，你忽略了自己的卫生状况，缓缓推开房门欲出门探寻一二。

此时却见一位梳着高髻的侍婢向你走来，并引你前往后山竹林之内。

其间应正在举行清谈雅会，零星坐着一些着士族服饰的男子。

环顾四周后，你决定：

跳转 3
和孤身一人的浓妆帅哥一起喝酒
倾绝环+1

跳转 4
和热情打招呼的邋遢公子坐一起
风流珩+1

6

你望了望四周，从袖中泰然地取出脂粉，要来铜镜描摹容颜。他见你也有相同的爱好，眼中露出几分欣赏之意，片刻后又从广袖内掏出一只小盏。

不得不说，魏晋之士的宽袖内可揽清风，也可藏万物。

这位仁兄打开盏盖开始吸起来，不一会儿他的脸色就变得潮红，看起来一副十分享受的样子。想必这就是风靡魏晋的五石散……

你决定：

跳转 17
一起吸
风流珩+1

跳转 7
离远点
出尘佩+1

7

他不屑地笑：“此等雅事在前，贤弟也太不解风流。”

你尴尬地笑，赔罪道：“我实未有名士高风。”

他雪白的脸上的鄙夷之情尤甚，拿起一旁的酒盏挥袖一饮而尽。

跳转 9

8

话音方落，有掌声自竹林深处传来，一道夸赞的声音：“如此大才，断不能小用才是。”

你还不明所以，身边的人却都露出鄙夷的神色。

跳转 9

9

一队人马分柳扶竹而来，流觞曲水的细声被掩盖，众人都停下手里的动作，冷眼瞧着华服之人。

“朝廷屡屡延请简公子为国效力，却数次被推脱……公子竟避在此处饮酒作乐，岂不是枉读此生的圣贤书。”

啊，原来这位简公子就在你旁边，你不知他身怀奇才，居然被朝廷多次延请，看他的眼神不禁变了几分。转念却想，司马氏家族统治时期，先杀何与夏侯，正始之音弦断，又压迫士人，使得士林怨愤，信仰失落，想必会在竹林间共饮的，绝不是与司马氏齐心之人。

等你回过神时，士兵们已经围住了你们，并以武力胁迫众人，文弱的简公子被押解带走，但临行前他犹自傲骨不屈，白眼示人。

你决定：

跳转 18
举手说
你想去做官
赋才璧+1

跳转 10
强行帮简公子
挣脱
风流珩+1

跳转 11
静观其变
伺机而动
倾绝环+1

10

对方人多势众，你根本不敌，简公子看着你的眼神不似之前漠然，看着那些士兵将你一同绑了。你挣扎不下，干脆放弃了。

既然如此，就潇潇洒洒走上一回呗。

路上颠簸，简公子一路沉默无语，你被车马摇晃得有些难受，试图和他搭话：

“简兄，现今如何是好？”

他仰着头看向车顶，披散的头发晃动着：“赤身而来，赤身而去，且随它如何。”你来去也两手空空，不知道此行何为，可你显然不能如他一般洒脱，但还没开口，押车的士兵已然勒马抵达。

大殿之上，司马家的君主先礼后兵，简公子软硬不吃，最终惹怒了这上位者，要将你和他一起关进大牢。

你决定：

跳转 14
试试开金手指
出尘佩+1

跳转 12
和简公子做伴
风流珩+1

11

简公子被关押在大牢，而你和同批被捕入狱的名士一样束手无策。

“简兄怀才遭妒，平日里简兄最崇尚道法自然，既然天命如此，想必也只有顺应。”

你听到这话却十分不快，忍不住想质问他们：所谓的通脱清隽、率直自然难道就是背弃仁义吗？纵然儒术式微，可为人之本也就这样丢弃吗？

“无论如何，我一定要将简兄救出来。”

旁人或羞赧或不屑，到底都面露难色，你细细思忖。

跳转 12
尝试劫狱
出尘佩 +1

跳转 13
写奏赋上奏
赋才璧 +1

12

结果你同简公子被关押进了一间大牢之内，两人均是束手无策。

与他相处此间，置身魏晋洪流，你竟也沾染了几分士人的超脱之气，心里面满溢的焦灼感反而平息下来。你干脆和他一起待着，斜枕枯草，无聊地盯着光下的细尘在空气中翻滚，没有平息的一刻。

突然身后弦音响起，让人似乎又回到了曲水送觞换一首赋的清谈之会。你没有回头，也不知道牢里哪来一把琴，只是静静地听着。

简公子有一声叹息化在琴声里，如果有可能，是不是他也想高居庙堂，实现士人的追求？

“贤弟可欲出去？”

你“唰”的一下起身，看向端坐着的他：“你有办法？”

他手按琴弦，余音骤断：“我同意出任那官位，你自然会被放走。”你说不惊愕是假的，这般风骨之人，怎肯为你自降身段？

“贤弟为我所累，我不愿身有亏欠。”仿佛窥探到你的想法，他低头说道。

跳转 13
接受提议
先出去再想办法
赋才壁+1

跳转 15
放弃机会
风流珩+1

13

你决定写赋上奏，为简公子请命。你知道有何晏和夏侯玄被残害的事例在先，仅凭一篇赋就能救人的可能性并不大。你这样做只是知其不可为而为之罢了。

为了不牵累众人，简公子被迫接受了官位。你与他再次见面时，他已然一副峨冠博带的样子，虽然眉宇间的淡泊气质不改，却不再是昔时的那个他了。

你忽然心里一阵空落，抓住他的袖口问道：“原是你说对司马氏的暴政绝不屈服的，如今就这样折节吗？松风竹影的高节持守就这样放弃了吗？”

你问完便开始后悔，你差点忘了当时他是为了谁才做出这样的决定，你害怕从他眼中看到讥讽之色，好在并没有。

他竟夺簪散发，径直坐在铺满竹叶的地上，以玉簪击竹而歌，恰是他最爱弹奏的那曲广陵散，多年之后绝于世间的清音。

此刻，他还是昔时风骨傲然的那个魏晋名士，用自己的行为痛斥这黑暗世间。

跳转 16

14

剧情很狗血，这次的系统好像没有任何作用，不仅没有布置任务，连一点帮助都没能提供。

你的神色变换了许多次，连甚有定力的简公子都开始诧异，问你是哪儿不舒服。

跳转 12

15

简公子忽然一笑，像是和风过静水，荡起了一点点的涟漪。你忍不住也跟着笑了一下，随后他又开始弹放置在膝上的琴。

窗外有竹，叶影投射在琴上，音韵在室内潺潺流泻。

这就是他们崇尚的洒脱吧，不以物喜不以己悲，恬淡通达，绝不会为不屑之事折腰，你在简公子这里终是明悟了魏晋真正的风骨。

跳转16

16

这回你嗅到了结局的气息，也没有太多的羁绊与不舍。一缕清风从你面上拂过，眼前的景色渐退。

【出尘佩】数量最多时 跳转19

【风流珩】数量最多时 跳转20

【赋才璧】数量最多时 跳转21

【倾绝环】数量最多时 跳转22

17

你和别人一同吸食五石散并且严重成瘾，自此之后沉溺于此难以自拔，终在一日冷浴发散药性后身亡。

结局【醉生梦死】

18

此语既出，四座皆惊。且惊且怒之下，士人反而都将矛头指向你，有几位已耐不住性子破口大骂，说你与司马贼人同流合污，脏了这片净林。

结局【遭人唾弃】

19

纵然是在人人皆傲骨的魏晋士人之中，你也是出尘脱俗的一个，你的清名渐渐扬于世间，你的名字成了隐士的代称。

众人皆崇尚你的出尘，殊不知你一意的求异也终落了俗。然而你从这种狂热的避世和放浪里，窥见了太多的黑暗，他们用这样畸形的方式追求一个清平之世。你无法改变灰暗的世界，却使自己成了永夜里一颗异常闪烁的星星。

获得称号【出尘魏晋人】，解锁第二章【竹林天团】，第 69 页。

20

你或许从一开始就未能接受魏晋名士的放浪形骸，毕竟他们实在过于不拘小节。但经历了这些，你终于明白这份不羁是对黑暗现实的不满，是对统治阶层的无言反抗，是大义在胸，愤懑难抒。

纵然是百年门阀如王谢之家，你在其间也感受不到传统士人的追求。出身是难以挣脱的桎梏，却不是阻拦你成为名士的牵绊。通过此行，你真正成为魏晋名士，一身风流才情，恰似闲云野鹤。你潇洒一行，才知此情不是潇洒。

获得称号【风流魏晋客】，解锁第四章【闲云野鹤】，第 149 页。

21

怀瑾握瑜而无处可投，你经历此行，最终明白了魏晋士人的苦楚。儒经所忠之君，在魏晋却成了暴政与黑暗的代名词。失去了信仰的士人无处可去，才流离在放浪形骸的处所之中，用生理的欢愉掩饰内心的空虚和苦痛。

面对这样的时局，你不愿屈服。不以太平之道报国报民，就以乱世之才平定世间。你身负奇才，不愿像众多魏晋士人一样沉溺于享乐，最终创下一番事业。

获得称号【怀璧魏晋士】，解锁第一章【纵横天下】，第 23 页。

22

面如冠玉、玉树临风一直是美好的代名词。你经历此行，心中感念最深的是，魏晋名士各有风采，所以你不再纠结于曾经的偏见，反而遵循本心尚美尚雅。

即使魏晋的审美与如今不尽相似，你仍然成了众人追捧爱慕的丰神俊秀之士，成就了一段美名。

获得称号【倾绝魏晋郎】，解锁第三章【美如冠玉】，第 107 页。

第一章 纵横天下

任务一

怀瑾握瑜

文/白斩鸡

HUAI JIN WO YU

ZONG HENG TIAN XIA

请愿人：周瑜　　**朝代**：汉末

执行人：02号　　**备注**：无

任务背景：东汉末年，国家动荡，群雄四起，在华夏大地的东边一支以孙策为首的队伍正在冉冉升起。而作为孙策的好友兼幕僚——周瑜则一时风头无两。

请愿人身份：周瑜，字公瑾，因容貌俊秀有“周郎”一称。周瑜年少时就与孙策相识，是其事业奋斗路上的左膀右臂。

进入世界中……

L O A D I N G

红烛纱帐，灯影绰绰，热闹的嬉笑声从门后遥遥传来，在迷蒙的醉意中听不真切。

脚步虚浮，足尖落下时身体却向旁侧歪去，周瑜勉强扶住桌椅，却碰倒了桌上的花瓶，花瓶“哐当”落地变成满地的瓷片。

“小乔美娇人，更与周郎配！”

耳边蓦地回荡起友人的调笑声，新郎官周瑜却嫌弃地想要将它挥去。

错了，不应该是这样的。

望向端坐在床沿、披着红盖头的新娘，人人都道恭喜祝贺，却无人知晓，此乔非彼乔，他想娶的明明是……

若是能回到过去改变这一切就好了。

周瑜心中苦涩，知道这是痴心妄想，却没料到红盖头下的双眼缓缓睁开，神色变化，已然换了一个人。

01

看着自己的打扮与屋子里的布置，你一时间有些愣怔。

喜服喜烛喜床，一切都明晃晃地显示着正在发生的事——新婚之夜、洞房之时，但与门外热闹相对的，是房间里凝滞安静的气氛。

新郎官在你面前驻足许久，始终没能下定决心掀开红盖头。

你微微抬眸，透过轻薄的头纱看向他。此刻的他带着浓重的醉态，即便你的视线并不明晰，却仍看得出他是世上独一无二的美男子。

只可惜，他似乎并不想迎娶眼前人。

“现在放弃，还来得及。”你轻轻开口，却不知为何心中隐隐有些钝痛，一股陌生的悲哀漫上心头，将眼前模糊。

啪嗒，一滴泪落在手背。

这大概就是这副身体的原主的心情吧。你从其他世界穿越而来，只为完成周瑜的心愿，明明之前一直是旁观者的身份，这次却异常地占据了别人的身体。

若是没有猜错，此刻的你就是小乔。

你口中干涩，但不得不继续说道：“我有办法帮你。”

没料到你这样说，周瑜的手一顿，疑惑地问道：“何意？”

稍做思量，你决定不透露自己的身份，只道：“落花有意流水无情，我想明白了，强人所难只会让世间平白多一对怨侣。与其这样，不如早些放弃的好。”

你一把掀开盖头，直直地看向周瑜，决定：

A. 直接离开 主动退婚 跳转 04

B. 回到过去 改变源头 跳转 02

02

悔婚之事可大可小，并非没有转圜的余地。但你现在顶着别人的身份，行事必须谨慎小心，因此使用能力回到过去，从源头将一切改变，才是最合理的办法。

但你没料到事情会追溯到那么多年之前。

盛夏晴日，碧空如洗，杨柳岸边。

刚过及笄之日的你拉着姐姐大乔出门游玩，此时城外池塘里的莲花开得正盛，朵朵粉白点缀在大片绿叶中，这里是你俩常来之地。

今天却有些不同，还没走到，远远地你们便看见几位年轻的公子坐在池边的凉亭中，有人执扇吟诗，有人煮酒烹茶。

不久，一阵悠扬的琴声传来，你的目光直直地落在弹琴的那人身上。微风拂动发丝，杨柳将他的身形衬托得颀长挺拔。

那是从前的周瑜。

大乔还在继续往前走，你一把将她拉住，抬头看向烈日，说："天太热了，我有些头晕。要不今天还是回去吧。"

大乔顿时紧张起来，担忧地追问。你急着离开不想在这里多说，拉扯之间不小心发出动静，引来了凉亭那边年轻公子们的注意。

远处的周瑜闻声抬头，与你下意识望过去的目光一瞬间相对。

他朝你们走来，大乔抢先一步跑过去，不知向周瑜说了什么，他微皱眉头在你面前蹲下。

"什，什么意思……"

"暑热难挨，我送姑娘回去。"

听明白他的意思，你的脸颊猛地烧起来，红透了。周瑜以为你的症状更严重了，再次示意你上来。你蓦然回神，无法推拒，只好默默地趴到他的背上。

"咚咚咚。"

耳边的轰鸣甚至盖过了炎夏的蝉鸣。你装鸵鸟埋首，却忍不住弯了嘴角，第一次体会到心跳如擂鼓，也尝到了喜欢的滋味。

但你清楚事情不应该这样进展，心里泛出丝丝苦涩。

重来一次，不能重蹈覆辙。在刻意回避下，之后你再也没有见过周瑜。一晃经年，你与姐姐出落得亭亭玉立，身边不乏追求者。

你原以为改变后自己的一生将会平淡度过，哪知世事难料，机缘巧合下，你再度与周瑜相逢。

那是一个风雨交加的夜晚，街道上已经空无一人，雷声从天际滚滚而来，整座城闷得压抑。一道人影匆匆跑来，拍开桥府的大门，随后马车停下，众人从马车上抬出一个身上满是伤的人。

片刻后，桥府灯火通明。

听闻周瑜重伤的消息后，你二话不说奔了出去。

他被安置在客房，你看着一盆又一盆染红的血水被端出，眼眶忍不住红了。世道不太平，到处都在打仗，你虽然知道，却头一次如此直观地面对。

在门外守了许久，直到大夫确认无事离开后，你才小心翼翼地进了房间。

周瑜仍在昏迷中，他面色苍白，腰腹已被包扎过，仍透出红色的血迹，伤口应当很痛，他不住地呢喃，额头冒出大颗汗珠。

你取出手帕，细致地为他擦去额上的汗珠，握着他的手轻声安抚。

不知不觉一夜过去，周瑜的情况好了许多，你也渐渐平静下来。

这时有人推开门，是大乔来了。她见你一夜不眠不休地照顾周瑜，十分心疼，便打算来替换你，让你去小睡一下，等周瑜醒了再过来。

对于大乔的建议，你决定：

A 拒绝她 执意留下来

跳转 03

B 听从她的建议 去休息一下

跳转 05

03

你轻轻摇头，都守了一夜，一定要看到周瑜平安醒来你才能放心。

大乔拗不过你，只好离开。

但你实在太累了，不知何时竟然睡了过去，再睁眼时已经是翌日上午。你下意识地叫周瑜的名字，却发现你睡在自己的房间里。

问了家丁才知道，昨夜父亲桥公[①]发现你累得昏睡在周瑜身边，不忍心看你太过辛苦，才让人将你送回房间。

等你起床洗漱后赶到客房时，周瑜已经醒了，大乔正在一旁照顾他，两人笑着说话，似乎十分熟稔。

不知为何在那一瞬间，你忽然有种局外人的感觉。

事实证明你并没有错，自那日起，一切似乎又回到了原点。你的生活按部就班地进行，后来桥府在动乱中日益破败，你与大乔流离失所，与周瑜重逢后迎来结局——孙策迎娶姐姐大乔，而你嫁给周瑜。

灯影明暗，红烛熔化如滴滴泪水。你再次听见了周瑜的愿望。

他的心中依旧没有你。

①《三国志·吴书九·周瑜传》中，“时得桥公两女，皆国色也，策自纳大桥，瑜纳小桥”。

04

长痛不如短痛。

快刀斩乱麻，虽然简单粗暴，但最是行之有效。

当夜你就主动离开，在一众家丁震惊的目光中睡在了客房，打算翌日一早便与周瑜正式解除婚约。

可你没料到事情并非如此简单。

你不愿说出悔婚的真实原因，一时间遭到了所有人的质问与指责，那些探究的、不解的目光让事情的进展越发缓慢。

直至最后，你失败了。

周围的一切都尴尬起来，你仍住在周瑜的府邸，与他日日相见，却相顾无言。日子一天天过去，渐渐地，你接受了这样的结局。

平平淡淡，相敬如宾，你们曾经有机会成为世上最亲密的人，却最终越行越远。

罢了，就这样吧。

达成结局

两心迢迢

05

虽然十分不舍，但你知道自己的身体支撑不住，便答应回去歇下，过一个时辰再来。

回屋后你辗转反侧，睡不安稳，不到一个时辰就醒了。大乔见到你时颇为惊讶，但或许是猜到了你的心思，没多言便离开了。

一刻钟后周瑜醒来，比大夫预想的要早，算是熬过来了。你心中激动，想也没想就跑出去叫人，没注意到自己的手帕落在了床上，被迷糊着还不太清醒的周瑜看到，暗自收下。

周瑜没在桥府久歇。

不多时府里来了人，前线士兵仍在奋战，作为主将的周瑜不得不离开。等你赶到的时候，只能远远地看见他离开的背影。

桥公和大乔与周瑜挥手道别，在上马车前周瑜蓦地回头，只是匆匆一瞥，却似乎注意到了门边张望的你，直直地向你看过来。

好似多年前莲池边的那一眼。

车轮滚滚向前，带走了周瑜，也带走了匆匆流逝的时光。也是这一年，桥府发生了翻天覆地的改变。一场战乱让你与大乔失去昔日的住所，流落在外。

这一次，换周瑜救了你们的性命。

彼时你们跟着避难的人群逃出城，却遇上趁火打劫的山贼，是周瑜带领人马出现，发现了瑟缩在角落的你们。

可你刚与他说话，他却一眼注意到发着烧的大乔，二话不说便抱起她传唤军医。

你微愣，此时此刻看见他焦急的神情，还有什么不明白的呢。但或许这样也好，你的出现本就是为了避免他与小乔之间的婚事。

可为什么，心中仍有些空落落的呢。

周瑜寻了处府邸，让你们过去住下，大乔在大夫的照料下逐渐恢复。不久后听说周瑜的生辰将至，大乔悄悄将你拉到一边。

“我大病初愈，身体虚弱，大夫说不能劳累。”大乔冲你眨眼睛，一副什么都猜到了的表情，“所以礼物的事就交给你啦。”

你知道大乔的好意，人生短暂，失去家的你们如漂泊的浮萍，或许不会有下一次陪伴周瑜度过生辰的机会。

那么，要接受大乔的建议吗？

A

接受

跳转 07

B

拒绝

跳转 06

06

罢了，既然决定远离，就贯彻到底吧。

你拒绝大乔的提议后独自回到房间，回想近日的种种，能待在周瑜身边你已经心满意足，不敢再奢求其他。

可是造化弄人，大乔最终仍与孙策走到一起，而她心中惦记喜欢周瑜的你，一力促成了你们的婚事。

看着周瑜怅惋失落的神情，你不愿与他走到相看两厌的那一步。

那么，自己主动远离就好了吧。

任务失败。

达成结局

黯然将离

07

你拒绝不了大乔。

常听人说，喜欢一个人是掩饰不住的，直到此时你才明白。更深夜静，废了两面之后，你看着绣好的第三面手帕，微微叹气的同时，脸上止不住烧红。

怎么看都藏不住情意。它就像你埋藏在心中的隐秘的新芽，却忍不住偷偷生长想让人发现。但那礼物最终没能当面送出去。

你借着和大乔与周瑜说话的机会，偷偷将它夹在了桌上的书中。如果周瑜发现时能有意外的欣喜，你便心满意足了。

可是这一次，命运的轮回再次启动，大乔对周瑜生辰那日出现的孙策一见倾心。

树下，周瑜看着大乔与孙策言笑晏晏，欲言又止，而不远处你看着周瑜，默然不语。很快，孙策与大乔的婚事定了下来，却没料到，二人商议婚事时仍将你与周瑜撮合在一起。

“我不同意。”这次你直截了当地拒绝。

“为何？”大乔不明白，“你不是喜欢他吗？”

“可他不喜欢我。”

他心中所属分明是……你垂眸苦笑。大乔却说：“我一直不懂你，你喜欢他、担心他、照顾他，那就告诉他、争取他，无论做何选择，今日你总要说清楚，有个了断。”

大乔的话不无道理，可现实哪有如此简单，你思量后决定：

A 向周瑜坦白心意 跳转 08

B 绝口不提坚决拒绝 跳转 09

08

人生在世，总要努力一次。

你一打开门便看见周瑜迎面走来，手里提着糖糕，那是大乔喜爱的点心。

你犹豫了片刻，在与周瑜擦身而过时叫住他，问他有没有空。

周瑜脚步微顿，大乔走来接过糖糕放在你的手里，助攻道：“小乔也爱吃糖糕，既然她有话与你说，那就快去吧。”

周瑜只好应下，与你坐在庭院。

然而情之一事，玄之又玄。

你将一腔爱意赠予周瑜，可他不知为何略显冷淡。

周瑜微皱眉头，神情有些茫然：“这……太突然了，我想我需要冷静一下。”

“好。”你点头答应，给足了周瑜时间。

在这段时间里，你打算：

A 放任他自己决定 跳转 10

B 努力一次去追人 跳转 11

09

你用沉默拒绝了大乔的提议。

“为什么？”

“我心悦他，他对我无意，这不是再正常不过的事吗？”你垂眸微笑，“在他受伤时我担心也好，照顾也好，是因为我想陪着他，只要他一切安好，我别无所求。”

“你是不是傻？”

“或许吧。但没关系，这样很好。”

“如果我说有关系呢？”

“没什……”你下意识地回答，却猛然意识到方才那个声音不太对，不是大乔，而是一个男人的。

你回头，看见了不知何时站在门口的周瑜。

他直直地看着你，眼中情绪万千。

大乔来回打量了你俩后，默默地替你们关上门离开。

你一时不知该说些什么，便静静地坐着。周瑜走到你面前蹲下，试探着握住你的手，手心处传来滚烫的热度，汗水让你有片刻的愣怔。

他在紧张。

“我不知道是你，是我错认成……”

周瑜深深地看着你的眼睛，像是想探寻更多，“但从今往后，我不会再错了。”

一字一句，掷地有声。

那日后不久，便迎来婚礼。

洞房当夜，周瑜掀开你的红盖头，你看着他手中的手帕，不仅有生辰送的那面，还有曾经遗落的那面，原来它们一直被周瑜好好地收着。

你心中漾起欢喜，随着系统任务完成的提醒，你的脑海中忽然浮现出许多景象。

年幼时被父亲抱在怀中与姐姐玩耍，婚后与周瑜琴瑟和鸣、相濡以沫，后来孕育子嗣，逐渐老去……

一幕一幕，你好似真的走完了小乔的一生。

或许在某个时空里，你真的就是小乔。

系统提示，周瑜已将心愿更换为【与子偕老】。

达成结局

白首相依

10

你满心欢喜地等待周瑜的回复。

可是日复一日，他仍是那副平淡的样子。

究竟是哪里出了问题，你不知道。

最终周瑜没有拒绝，婚事如期进行，之后的日子你们相敬如宾，平静和睦。

只是，总觉得差了些什么。

达成结局

失之毫厘

11

既然已经坦白，那就没什么好怕的了。

如果过去不足以打动周瑜，那便努力创造未来。你不再偷偷伪装自己，放手去追求自己想要的幸福。

爱他所爱，鼓励他追求霸业，同时让自己成为能更好地与他相伴之人。渐渐地，许多变化在悄然发生。

不知何时，你们开始无话不谈，甚至只要默契地对视一眼，便能懂得对方所想。

直到新婚之夜，周瑜掀开红盖头，目光温柔似水：“终生所爱，唯小乔一人。”

你知道，你抓住了幸福。

系统提示，周瑜已将心愿更换为【生死不离】。

达成结局

一生一世一双人

诸葛亮

三顾信臣 百死不悔

文/明戈

1

日头渐斜，金色的阳光洒向隆中林间的茅草屋。斑驳的光影里，一位身形颀长的男子缓步走向叩响已久的大门。

打开院门，门外等了几个时辰的人没有显出一丝不耐烦。他眼中闪过喜悦，细细看向门内的男子。

这男子身着一袭白衣，面如冠玉。眉宇间丰神飘逸，气质出尘，宛如下凡的仙人。

半晌后，来人才惊觉自己打量得失态，连忙颔首准备自报家门。

没想到男子径直朗然开口。

“将军欲成霸业，北让曹操占天时，南让孙权占地利，将军可占人和。”

来者愣了一愣：“等等……我还未……”

“将军几番前来，是想寻我助您一臂之力，不是吗？”

来人看着男子清澈锐利的眸子，瞬时懂了什么，而后便噤声不再言语。

“……天下有变，则命一上将将荆州之军以向宛、洛，将军身率益州之众出于秦川，百姓孰敢不箪食壶浆以迎将军者乎？诚如是，则霸业可成，汉室可兴矣。”

男子摇了摇手里的羽扇，云淡风轻地缓缓吐出最后一个字。

林间幽谧，安静无比。

男子的言语却宛如一枚落子，带着遒劲的风，铮铮落在九州这盘大棋上。落子声从这间小小的茅屋震荡开来，响遏行云。

来人听罢愕然许久，而后后撤半步，深深一拱手。

“不出茅庐，而能定三分天下。卧龙先生真乃仙人！”

“刘将军过誉。”

男子微微颔首。

“在下不过一介布衣——诸葛亮。”

2

诸葛亮没有在自谦。

虽然他一副不食人间烟火之貌，看起来像个料事如神、凡事都能推演得顺风顺水的仙人。

但就其之前的经历而言，他确实就是个布衣，还是个过得有点惨的布衣。

诸葛亮出生在琅琊郡的一个官吏之家，一家人本生活得十分幸福，可惜天有不测风云，公元 184 年，黄巾军起义。

父亲诸葛珪作为郡丞，自是事务繁忙，母亲章氏由于过于忧心丈夫，在诸葛亮三岁时病逝了。后来父亲诸葛珪积劳成疾，在他八岁那年也去世了。

随后，他跟着叔父诸葛玄来到了荆州投奔刘表。过早的离乡经历，和随处可见的流离失所的百姓，都令诸葛亮十分思念故乡。

但还未等他能再踏上故土，十三岁时，家乡徐州遭到了曹操军队的屠城。

“过拔取虑、睢陵、夏丘，皆屠之，凡杀男女数十万人。鸡犬无余……”

这也就意味着，那些他曾经的玩伴、熟悉的邻里，全部变成了堆在泗水之上的具具尸体。

这给诸葛亮年幼的心灵带来了巨大的冲击。

后来他又随叔父去了豫章。可还未等他走出阴影，叔父便在他十六岁时去世了。

最后，诸葛亮独自一人回到了荆州，在南阳找了一处乡间茅屋种田，而这一种就是十年。

你瞧瞧，有这么惨的神仙吗？

刘备听了都要摇摇头：“那确实没这么惨的。”

3

先前惨归惨。不过打这天起，诸葛亮就算正式出了山，迈入人生新篇章。

诸葛亮到了军营后，深得刘备器重，二人关系极好。

将士们看到后立刻就不服了——凭什么？这厮平时文质彬彬的，一看战斗力就是零，还成天拿个破扇子，除了会当人体风扇还能干什么？

诸葛亮倒也不解释。

建安七年，正值曹操北上攻袁尚。刘表打算趁机偷袭许都，令刘备率兵北伐。刘备一直打至叶县附近，曹操见情况不妙，便命夏侯惇、李典率军反击，两军在博望坡对峙。

曹军来势汹汹，刘备不禁有些犯难，真打起来，胜算怕是只有几分。就在他犹豫不决时，诸葛亮上前一步。

“主公，我有一计，不过需要把我们的营寨烧了。”

众人立刻嘘声一片。

赵云：“您听听他是不是扯犊子呢？”

诸葛亮并没理会，继续摇着扇子说道。

“明日之役，我们先派出少量军队同夏侯惇作战，再故意节节败退，而后烧毁营寨，令其以为我们军心大乱，无力作战，夏侯惇定会乘胜追击。南道狭窄，草木深，我们可以埋伏在此处偷袭。”

众人听罢纷纷露出怀疑的神情。唯有刘备，没有丝毫犹豫地点了点头，而后对众人道：“孤之有孔明，犹鱼之有水也。愿诸君勿复言[①]。”

事实证明刘备的信任是正确的。

夏侯惇果然中计，刘军大败曹军，赵云也在此役生擒夏侯兰。

博望坡之战后，张飞、关羽等刘备麾下的大将，连同其余军中将士，都开始敬重起诸葛亮来。

不过诸葛亮的态度似乎并无变化，先前大家不信他时也不生气，现在信他了也不欣喜。那张棱角分明的脸上表情始终平静如一，仿佛一切都在他的计算里。

大家默默伸出了大拇指：诸葛亮真酷。

4

可这日，我们的“酷盖”却神色凝重了起来。

因为自博望坡之战后，刘表再无主动出兵的行为。而这日刘备劝说他可以趁曹操远征柳城之时出兵，刘表也拒绝了。

诸葛亮知道，只这一下，便错失了问鼎中原的良机，而其后若曹操打回来，怕是难以招架。

诸葛亮算得不错。

①陈寿《隆中对》。

建安十三年七月，曹操挥军南下。八月，刘表病死，刘琮继任荆州牧后，主动向曹操投降。

刘备被迫向南撤退，曹操穷追不舍。而经长坂坡一战，他们已到了生死存亡关头。下一步该走向何处的重担，尽数落在诸葛亮的身上。

诸葛亮思忖许久，终于道：“主公，事急矣，请奉命求救于孙将军。”

“好。”刘备允了下来。

诸葛亮这步棋太险太难了。

这相当于要让孙权把全部吴国国土和十万精兵置于危险之地，这怎么可能实现呢？

但到了吴国后，他竟没有辜负刘备的厚望，硬是用三寸不烂之舌，生生说服孙权出军联合抗曹。

“若能以吴、越之众与中国抗衡，不如早与之绝；若不能，何不按兵束甲，北面而事之……

“今将军诚能命猛将统兵数万，与豫州协规同力，破操军必矣。操军破，必北还；如此则荆、吴之势强，鼎足之形成矣。成败之机，在于今日。”①

诸葛亮算到孙权年轻气盛，定有很强的自尊心，于是便劝孙权说，既然打不过就投降吧。

孙权一听果然怒了，说那刘备也打不过，他怎么不投呢？

诸葛亮便举了田横的例子，说我主刘备作为汉室之后，有骨气，宁死不屈。

孙权听后果然上套了：你才没骨气。

而后诸葛亮又趁机晓之以理，动之以情，说了一堆联合的好处。

孙权一听：有道理，合作愉快。

①司马光《资治通鉴》卷六十五，《汉纪》五十七。

5

诸葛亮此举，彻底挽救了刘备一方。

赤壁一战，孙刘联军以少胜多，曹操大败。

隆冬腊月，曹操顶着风雪带领三百余骑狼狈逃往华容道。诸葛亮早已算到此事，令关羽埋伏在此。

当所有人都以为曹操就要亡命此地时，关羽竟念及过往恩情，放了曹操。

消息传到军营后，众人皆捶胸惋惜让曹贼跑了。暗叹诸葛亮千算万算，还是用错了人。

可诸葛亮毫不吃惊，而是负手站在树下，欣赏起漫天雪景来。

刘备走来，看向他问道："你早就算到了吧？"

诸葛亮低下头，一片雪花擦着他的墨发飘下，落在他的皎皎白衣上，消失不见。

"主公，那里必须是关羽，也只能是关羽。"

刘备听后却摆摆手，笑了起来："不必多言，我信你。"

刘备没有信错诸葛亮。

若曹操一举覆灭，孙权便极有可能坐收渔翁之利，直接将箭矢转头射向他。

而此战以后，刘备据荆州及巴蜀方向，诸葛亮在隆中就算好的三国之势也得以逐步成型。

6

在诸葛亮的建议下，刘备又平定了荆南四郡，攻下成都。其后刘备每次出兵，诸葛亮都留在成都镇守，为他补给粮食和士兵。

在诸葛亮治理蜀地期间，他一扫先前神算子的气质，出手那叫一个狠。

修德政，施威刑，恢复君臣之道。

由于诸葛亮施行严刑峻法，很多人都生了怨气。诸葛亮也不管，继续严厉执法。但也正是由于他的铁面无私，才给刘备提供了稳定的战略后方。

汉中之战，刘备大获全胜。

魏黄初二年，刘备听从诸葛亮的规劝称帝，国号为汉。

而诸葛亮一路陪刘备打天下，从平平布衣，升成一国丞相。

有人说诸葛亮跟对了主子，知道赏识自己，才得以一飞冲天。不过诸葛亮似乎对自己的官职并不在意，他只是满意地看看当了皇上的刘备，又遥遥地望向东北方。

与之前不同的是，他的眼睛里多了些东西。在这四分五裂的暗世，闪着细碎的光。

一切都在按照诸葛亮算好的方向发展。

直到章武三年，永安城。

刘备病逝。

一向淡定漠然、脊背挺得笔直的诸葛亮，顷刻间颓倒。

他跪着伏在刘备塌旁失声痛哭。

临终前，刘备对诸葛亮如此说。

"君才十倍曹丕，必能安国，终定大事。若嗣子可辅，辅之；如其不才，君可自取[①]。"

你的才能强过曹丕十倍，定能兴复汉室。若我儿子值得辅佐，便劳心你辅佐；若他不行，你就自行取缔吧。

将河山与后嗣全权交托到另一个人手中，这是何等信任？

所以诸葛亮先前对众人信或不信都波澜不惊，并不是因为一切都在他计算中，而是他根本就不在乎，只要一个人愿意信他就够了。

而这个人也的确做到了。

从三顾茅庐，到死前最后一刻，他都相信诸葛亮，从未怀疑。

"臣敢竭股肱之力，效忠贞之节，继之以死。"

①陈寿《三国志·蜀书·诸葛亮传》。

面对这份无比厚重的信任，诸葛亮以生命相允。

7

刘备死后，诸葛亮呕心沥血辅佐后主。为了敦促他看书，一字一句将《申子》《韩非子》《管子》和《六韬》抄写下来给他看。

还作了《出师表》，字字泣血，情真意切。

“臣本布衣，躬耕于南阳，苟全性命于乱世，不求闻达于诸侯。先帝不以臣卑鄙，猥自枉屈，三顾臣于草庐之中，咨臣以当世之事，由是感激……”

无奈刘禅是个扶不起的阿斗，根本无心学习，也不在乎朝政。

可就算是这样，诸葛亮也一丝反心都没有，为汉室勤勤恳恳尽忠。

建兴三年，诸葛亮率军南征。

战马上，他眼里那些细碎的光不见了，取而代之的是几乎毫无感情的冷静与坚毅。

他霸气果敢，运筹帷幄。春日起兵，直至秋天平定所有乱事。

被七擒七纵的孟获甘愿俯首长叹：“公，天威也，南人不复反矣。”

而后，诸葛亮又趁曹丕身死出师北伐。

“亮身率诸军攻祁山，戎陈整齐，赏罚肃而号令长明，南安、天水、安定三郡叛魏应亮，关中响震[①]。”

诸葛亮的威名此时已大震关中，魏帝曹叡都慌得亲自坐镇。

建兴九年，诸葛亮再次率大军攻祁山。在卤城，司马懿以弱示敌，寻找诸葛亮的破绽。

没想到诸葛亮早已算到他这一步，将计就计，将其打得“畏蜀如虎”。

①陈寿《三国志·蜀书·诸葛亮传》。

诸葛亮不仅对外御军有法，对内更是治国有方。

“立法施度，整理戎旅，工械技巧，物究其极，科教严明，赏罚必信，无恶不惩……道不拾遗，强不侵弱，风化肃然也。”

可以说诸葛亮是整个蜀国的支柱。在他的管理下，季汉已经到达相当廉政的时代，社会也蒸蒸日上。

8

可惜没有什么是能一直顺遂的，哪怕是能算尽天机的诸葛亮。

他六出祁山，屡战屡败，也屡败屡战。

没有人知道他每次落魄而归，再整装出军时需要多大的勇气。

诸葛亮本是不怕败的。胜败乃兵家常事，他一个军师怎会不懂得这个道理。

可他肩上的希望太沉了。

沉到他不得不拼命弥补，哪怕知道身体已经超过负荷，也还是凡事亲自过问，生怕再有所差池。

“政治无巨细，咸决于亮。”

“夙兴夜寐，罚二十以上，皆亲揽焉，所啖食不至数升。”

彼时，魏军和蜀军已在五丈原对峙了百余天。每日只能吃进一点点东西的诸葛亮，身体也透支到了尽头。

终于，这个为蜀国以命相搏的人倒下了。

直到此刻，他才忆起自己一直以来全心扑在刘禅身上，几乎从未陪伴过儿子诸葛瞻，于是叹息着写下《诫子书》。

随后，他又细细交代一番自己放心不下的国家大事，和以后谁来主持大局。

留给自己的仅有一句，下葬从简，仅需一洞，洞可容棺。

“成都有桑八百株，薄田十五顷，子弟衣食，自有馀饶……若臣死之日，不使内有馀帛，外有赢财，以负陛下。”

诸葛亮曾如此向后主表明自己的心意。

——我的全部财产只有桑树八百棵，薄田十五顷。我所有的花费都来自俸禄，没有兼职营生。待我死时，身上不会多一方绸，也不余一分钱，以辜负陛下。

而此时，诸葛亮也的确如他所诺。

鞠躬尽瘁，死而后已。除一颗忠心，身上再无他物。

有人说诸葛亮一介神算子，算尽天机，难道算不出要兴复汉室，还于旧都有多难吗？

既然知道如此艰难，又何必那样忠于刘备。

把命都付进去，值得吗，不悔吗？

9

隆中，风吹过，树叶沙沙作响。

刘备望向诸葛亮干净的眼：“为何愿助我？”

诸葛亮白衣胜雪，摇了摇羽扇笑道：“因为将军请了我三次啊。”

臣本布衣。

君三顾信臣，臣百死不悔。

荀彧

颍川令君 王佐之器

文/望城叽

1

兴平元年，兖州将领勾结吕布叛变，同时豫州刺史郭贡率领数万之众前来攻城。

曹营内兵力空虚，军中并无主帅，屋内众将士皆愁眉紧锁，默默望向那前方一抹修长儒雅的身影。

“郭贡受吕布所惑，此次指明要见您，必定有危险。”夏侯惇一脸急色地劝说，“不可前去。[①]”

荀彧放下手中的信，拂了拂衣袖上的灰尘，眼神平静。

①《三国志·卷十》：豫州刺史郭贡帅众数万来至城下，或言与吕布同谋，众甚惧。贡求见彧，彧将往。惇等曰：“君，一州镇也，往必危，不可。”

“您是统辖一州之人，是全城百姓的屏障，不能以身犯险。”又有将领劝道。

荀彧浅然一笑，目光澄澈而坚定。显然他意已决。

城墙之外，是杀机四伏的敌军；城墙之内，是凄苦的黎明苍生。中兴汉室，保家卫民是他作为士族子弟长久以来受到的教诲，更何况，这一城守军的性命皆背负在肩上，即使此行万分凶险，虽千万人吾往矣。

城外的敌军已有围攻之势，高大的城墙外，凛冽的北风吹着荀彧身上素雅的外袍。

荀彧并不是只有一腔孤勇之人，相反他善识人心，且足智多谋。眼下形势虽十分严峻，但其实仍有转圜的余地。

城内叛军与郭贡并无交集往来，定然没有时间制定详细的计划。此时城内若起疑先自乱阵脚，便会正巧中了对方下怀，不若趁着对方计谋未定，先晓其利弊游说一番，使其放弃攻城打算[①]。

这一趟是护城的关键，他非来不可！

时人常言荀彧仪容伟美，有玉树兰芝之姿。当郭贡见到荀彧毫无惧意地出现在敌军大营中时，心中也是一震。

几番斡旋交锋之后，郭贡纵观荀彧无畏风姿，再加上受到游说，认为此城易守难攻，若强取并不划算，便带兵离去。

而荀彧终以一己之力，成功护下一城军民。

2

荀彧年轻时曾被名士何颙盛赞“颍川荀彧，王佐之器[②]”。若问何颙是谁，便

①《三国志·卷十》：彧曰：“贡与邈等，分非素结也，今来速，计必未定；及其未定说之，纵不为用，可使中立，若先疑之，彼将怒而成计。”
②《后汉书·何颙传》。

是那个一语道出曹操会灭汉室，安天下的名士。

荀彧乃王佐之器，却并非浪得虚名。

待守住兖州后不久，曹操班师回城。

此次征战徐州并非大获全胜。徐州刺史陶谦与曹操素有仇怨，只因吕布半路袭击，并未拿下城池。待听到陶谦已死后，曹操更加迫切想再次进军，一举攻下徐州城，再回头收拾吕布。

但荀彧的眼光显然更加长远。

他得知曹操的想法后，并未出声附和。他深知曹操与陶谦有杀父之仇，攻占徐州也是迟早之事，沉吟片刻后，便委婉提出了自己的见解。

他先引经据典，拿出汉高祖刘邦和西楚霸王项羽在相争时，皆是先巩固基业，再扩张版图的先例。再将兖州军事地位的重要性点明，然后分析各方形势，提出拉拢周边势力，大举屯粮的举措。

曹操听罢，觉得言之有理，放弃了先前的想法，采纳了荀彧的谏言。

之后曹军大败吕布，不仅收复失地，兖州城内百姓也得以生息。

3

曹军的胜利对于荀彧来说，并不是自己骄傲的砝码，他所做的一切皆为国为民。

曹操早年曾夸过荀彧乃“吾之子房”。曹操将自己比作汉高祖刘邦，而荀彧则像张良一样重要。

荀彧也不负所托，他退守后营，在曹操外出征战时，掌管军国事务，同时出谋划策，举荐能人名士。

曹操素有惜才之名，他曾问过荀彧：“世间还有谁能代替卿，为我谋划？”

荀彧闻言并无半分妒忌与顾虑，接连举荐侄子荀攸、钟繇、戏志才、郭嘉、司马懿等。可以说曹军大半个智囊团都与荀彧所连颇深。

他一直是那个不居功、不自傲的洒脱谋士。

荀彧这份名士的胆识谋略和气度风韵，并非常人所能具备。这也源于他背后的世家大族——颍川荀氏。

荀氏之门往上追溯，最著名的要数战国时期思想家荀子，往近处寻，也有一代神君荀淑。荀淑是荀彧的祖父，他不仅学识不凡，且品性高洁，曾为一代贤士之师，更育有才华横溢的“八子”。

荀彧从小便深受家族熏陶。耳濡目染尽是名人雅士之流。魏晋时期，贵族间多喜焚香，荀彧也不例外。他所穿衣物皆清香满怀，即使所待之处三日过后，依旧有余香残存。就连后世王维也盛赞：“遥闻待中佩，暗识令君香。[①]”而后世也以“荀令香”来夸赞他人风雅倜傥。

荀彧所学颇丰，年少便有才名，早早便被举孝廉，任宫中的守宫令，掌管皇帝文书事宜。

除了学识和风雅之外，他还传承了家族高洁的品性。

永汉元年，董卓僭越汉制，谋朝篡权。

荀彧看清了董卓残暴昏庸的本性，不愿侍奉，主动卸职归乡，将宗族搬迁到了冀州，并试图追随能挽救汉室和苍生的将领。

荀彧一到冀州便收到了袁绍的邀请，但经过几番相处，荀彧转头便投向了当时还是奋武将军的曹操的怀抱。

而这一投奔，便是二十载。

4

曹操对荀彧的器重和认可，旁人皆无法比拟。

建安元年，曹军面临一个十分棘手的问题——乱世中被叛臣拥立的少年君主刘

① 唐·王维《春日直门下省早朝》。

协，一个烫手的山芋，到底要不要接手。

曹军内部因这个问题炸开了锅，其中反对的声音占了大多数。

反对者言：“山东地区并未稳定，少帝回洛阳后勾结北方势力，则局势将无法控制。”

席上，只荀彧稳重持守，偶尔轻抚酒杯，静静聆听着。

曹操听罢各方言论，转眸深深注视着荀彧，仿佛在等待他的看法。

荀彧淡然一笑，将胸中之意缓缓道来：“晋文公迎周襄王，而诸侯服从，汉高祖为义帝发丧，而天下归心……”

荀彧学识渊博，善引经据典。曹操此刻对他的想法已了然于胸。

“自天下大乱以来，将军第一个倡导起兵勤王，虽忙于平复山东战乱，却依旧心系王室朝廷，更何况匡扶天下也是将军您一直以来的志向。”荀彧从容点明利弊，“若此时迎回少帝，乃是顺应人心之势，不仅让天下英雄豪杰顺服，更是弘扬大德的义举。那些宵小之辈怎敢加害，现在如果不匡扶朝廷，一旦军民生出反叛之心，可就为时晚矣。”

待荀彧言毕，曹操已被彻底说服，随后亲率大军迎接少帝迁都许县。而荀彧也成功保住了汉室心中的最后一丝微光。

5

曹公对荀彧的赏识和依赖，不仅仅体现在这一件事上。

建安二年，袁绍写信挑衅曹操。曹操大怒，一心想讨伐回去，但苦于实力不及。

荀彧就度量、谋略、用兵、德行等方面分析袁绍不及曹公之处，更以项羽与刘邦做比，大增其信心。进而又提出恩泽四周，再从吕布、袁绍逐个击破的计谋。曹公从之。

建安五年，曹军与袁绍军队对垒于官渡，双方鏖战已有半年之久，曹军后方粮草已经不足，再加上兵力较少，士兵疲乏，整个大军已入困境。荀彧在给曹公的回信中，再次以楚汉对垒为例，劝曹公坚持下去静待时机。曹公从之。

建安九年，曹军拿下邺城，有手下建议应该遵循旧制设立九州，这样统率的领土便会变大。曹公正准备接纳意见，荀彧直言若如此行事，只会让人心惶惶，不利于天下平定。曹公从之。

建安十二年，曹公就讨伐刘表向荀彧问计。荀彧指明中原已定，此时南方必定处境艰难。只需声东击西，表面上派出重兵大张旗鼓攻打周围两座城池，暗地里轻装快速偷袭。曹公从之。

……

整整二十载，荀彧为曹军所谋甚多。曹公多次提出给荀彧升官加禄，但都被荀彧推辞。而曹公也正如他们初见时那般，不仅视荀彧如子房，也给予了他最深的敬重。

但他们的结局并非高祖与子房那般美好。

6

建安十七年，天下大势将定。曹公凭借扫平天下的功绩，想要加封九锡。九锡作为最高的礼遇，其封赏的对象往往具有威慑天子地位的力量。

此举对从始至终维护汉室的荀彧来说，自然不恰当。他上言："本兴义兵以匡朝宁国，秉忠贞之诚，守退让之实；君子爱人以德，不宜如此。"

而这次，曹公并未听从，对于心腹谋士的反对，甚至"心不能平"。

不久，曹操东征孙权，借让荀彧犒劳军队的名义，将他留下。

而此时的荀彧拖着病体无法随军，只能在后方休养。他早已不是那个谋定天下、笑谈沙场的洒脱谋士，而曹操也不再是那个局势未断、兵弱势微的将军。

不变的是，他们依旧一个在前方驰骋沙场，一个则退守后方。

关于荀彧的结局，有记载说他死于忧郁，也有记载说是因为曹操送来了一个空的食盒，他看完后便服毒自尽。

荀彧去世后第二年，曹操如愿被封为“魏公”，加九锡，而荀彧也被追谥为敬侯。

聪明如荀彧，相处二十载，如何不知曹公的野心。识大局如荀彧，又如何不知，汉室衰微，早已不能重回盛世。

或许他不是不知，只是不愿罢了。

毕竟曾有那样一位英杰将军，愿视他为“吾之子房”啊！

BATTLE

文 / 顾闪闪

魏蜀吴对垒
谁是最后赢家

WHO'S THE WINNER

蜀汉男团

五虎上将

Wuhu shangjiang

燃不尽的英雄虎胆，乱世中的不败战神

关羽

人气担当

shu guo

关二爷从不在乎人气，奈何人气追着二爷跑。不信的话，去看看你们村口的武财神塑像，如果这位还不算神级“爱豆”，还有谁敢妄称神级？

想当年，温酒斩华雄的是他，过五关斩六将的是他，刮骨疗毒还能做好表情管理的还是他。关羽魅力的尽头到底在哪里，没人说得清楚，只记得那几年，所有青年都学他留起了黑长的髯须。

这就是关羽，男人为了他迷醉，女人为了他流泪，曹操为了他觉都不想睡。今晚，蜀汉娱乐的打投通道已经关闭，但关二爷的传说仍在流传……

张飞 高音担当

是谁，舞得一手威风凛凛的丈八蛇矛？是谁，在长坂坡上喝断了当阳桥？想必大家都猜出来了，那便是我们“桃园boys”中的三弟——张飞。

作为既有家资又有手艺的当地小富翁，张飞的日子过得并没有他大哥那样拮据，参与蜀汉娱乐的创业，更多是为了全兄弟情义。值得一提的是，翼德在音乐方面有着非凡的造诣，高音震碎窗户纸算什么，咱们飞哥一开嗓，苦胆都给你唱出来。

什么？你说张飞当偶像，颜值不过关？这里要辟下谣，满脸都是钢丝胡的莽夫形象乃误传，咱们飞飞清秀着呢。

赵云 颜值担当

白衣名将，人中之龙，长坂坡之战后，赵云将军不知入了多少少女的梦。为救少主，他单骑于乱军阵中七进七出，称得上浑身是胆的好儿郎；立身清正，有勇有谋，在他身上更藏着武夫少有的儒将风度。

深入了解赵云后你就会发现，美貌只是他最不值一提的优点罢了。

黄忠 骑射担当

作为圈内鲜有的“父系爱豆”，黄忠在实力上不输“后浪”。

众所周知，黄忠不仅勇冠三军，有着超强的武力值，还包揽了“全名将运动会”射箭项目的金牌。他的人气在“五虎上将”中虽不是最高，但粉丝黏性极强，有不少阿姨给蜀汉娱乐来信，表示在她们心中，黄忠别有一番成熟男人的魅力，不是那些新晋小鲜肉能比拟的。

马孟起作为一位拥有西凉血统的异域系帅哥，从出道起，就广受关注。据了解，他的父亲马腾也是一位名将，父子俩有着一脉相承的高挑身材和英俊脸孔，但马超的身上更多了几分桀骜不驯的野气。

作为三国圈赫赫有名的战将，马超剑术高超，为人骁勇，用兵如神，在境外匈奴圈也有着超强的人气。据传，曹操曾开出极高的价码，几次想挖马超进“曹魏集团”，但马超本人对此不屑一顾，对公众表示，自己只想取曹操的项上人头。

马超 神勇担当

ma chao

制作人发言

刘备

蜀汉娱乐公司CEO、中山靖王之后、汉景帝后裔

大家好，我是“五虎上将”新男团的制作人，兼蜀汉娱乐公司的 CEO 刘备，也是中山靖王之后，汉景帝后裔。本人身上虽流淌着贵族的血液，但我自幼家境贫寒，本无立锥之地，全靠将士们风里来雨里去，为我打下一片江山。

为了表彰将军们的功绩，为了激发战士们的斗志，也为了满足蜀中姑娘们的少女心，我们蜀汉娱乐特别以不记名投票的方式，选出了五位军中偶像，打造了这一支荷尔蒙爆棚的男团。

“五虎上将”中，除了我的二弟关羽、三弟张飞外，其他三位将军也都是当世名将，他们都为我蜀汉立下过赫赫战功，让我们把最热烈的掌声送给他们！

为了回馈北伐事业的广大支持者，稍后我们将召开现场握手会，由“五虎上将”的成员们一一同大家握手！

友情提示，握力低于一百二十斤的粉丝们建议不要参加，真握出个腕部粉碎性骨折，我们不报销医药费的。

曹魏男团 军师联盟

呦呦鹿鸣，食野之苹。我有军师，鼓瑟吹笙

荀彧 令君

与荷尔蒙爆棚的蜀汉男团不同，曹魏的当家门面荀文若人如其名，是一位温文尔雅的翩翩君子。他不仅容貌俊美，生活还格外精致，平日熏香熏得腌入了味，许昌到处都流传着“荀令君好香”的传说[①]。

但这样的荀彧，却并不是一个“花瓶”。他少年时，便以“王佐之才”著称，二十九岁时，就当上了曹操的别部司马，在军中有着“小张良”的美誉。曹操在外征战期间，将军国大事全权托付给荀彧，但荀彧从无私心，只是居中持重，本分筹划[②]。有人问，这样辛苦半生，他到底图什么，荀令君淡淡一笑：“我只愿能随丞相匡扶大汉，还天下太平。”

病美人 郭嘉

少年天才，病弱之身，郭嘉的人设有些特别。对于曹操来说，郭嘉更像是上天派来襄助的一颗星，不知什么时候，便会回到河汉中去，因此，他更加珍惜，屡屡对身边人道，奉孝是孤的奇佐。

① 《襄阳耆旧记》：荀令君至人家，坐席三日香。
② 《三国志·卷十》：常居中持重，太祖虽征伐在外，军国事皆与彧筹焉。

郭嘉不负知遇之恩，自二十六岁起，便跟随曹操南征北战，屡献奇策。进入曹魏集团的次年，他就提出了著名的“十胜十败”论，官渡之战时，他又帮曹操定下一个又一个决胜之策。

郭嘉的脚步总是走得那样急，因此他的粉丝常说：比起“事业粉”，我们更想做你的“生命粉”。奉孝，随丞相打完这一战后，你便停下来歇歇吧！

贾诩 毒士

乱世之中，猛将如云，谋士如雨，没了凤雏还会有卧龙，但三国圈不能没有贾诩。这个几度在圈内搅起腥风血雨的男人手拿剧本，掌控全局，不管是董卓手下的李傕、郭汜，还是雄霸一方的军阀张绣，乃至于他最终的老板曹操，从来都是顺他谋者昌，逆他谋者亡①。三国圈没有大汉的王法，有的只是贾诩运筹帷幄的想法。

几度跳槽又如何？风评不好又如何？哪天圈内真出了什么事，买起股来，大家还是得跟着大预言家贾诩下注，这就是他成团的底气。

司马懿 演技派

司马懿出道虽晚，却是圈内响当当的演技派，几度获得影帝提名。他为人腹黑，城府极深，尤其擅长扮猪吃老虎，真正的实力深不可测，被称为曹魏最强的底牌。

有小道消息称，司马懿早有出去单干的打算，还笼络了曹魏集团的不少员工，准备组建自己的艺人工作室。对此，司马懿严正辟谣，表示自己忠于曹丞相，从未有过非分之想。

① 《三国志》记载，贾诩其人，曾为李傕、郭汜、张绣、曹操等多方效力，能料敌机先，屡献奇计，扭转败势。

制作人发言

曹操

曹魏集团CEO

听说区区蜀汉娱乐也要搞什么男团？制作人还妄称正统皇叔？刘备，一个编草鞋出身的市井之徒，目光短浅，自以为有几员大将就能成什么气候了？

能打的武将我曹魏集团不是没有，但本丞相始终认为，当今天下，得军师者，方能掌控全局。为此我大力招纳文科人才，组建了赫赫有名的“军师联盟”，立志要打造一支有头脑的高端男团，从智力上碾压蜀汉和东吴。

青青子衿，悠悠我心，我们曹魏集团还有一个地方与他们蜀汉不同，那就是我们的“军师联盟”不限名额，只要你是有特长的贤才，无论何时，都欢迎你们来加入我们的团队！

东吴男团 全员都督

江东代有都督出，东吴从来不认输

听说有人想拼颜值？那得先问问我们周大都督答不答应。

作为吴人口中的“周郎”，周瑜姿容奇伟，一眼望去，那就是行走的衣架子。东吴 Boss 孙权最大的爱好就是给公瑾定制演出服，冬夏都会送上百件不重样，简直能拍成一部《奇迹公瑾的换装物语》[①]。

除了长得好外，周瑜还精通音律，“曲有误，周郎顾”，绝对音感不是随便说说。提到周瑜从“东吴偶像”晋升为“全民男神”的契机，就不得不提到那场著名的赤壁之战。试想这样一位完美男人，在三军阵前，面对着多于己方几倍的敌军，羽扇纶巾，谈笑间樯橹灰飞烟灭，谁看了能不心折？难怪连前黑粉程普都曾亲口说道：“与周公瑾相处，就如同饮醇酒，不觉自醉[②]。”

鲁肃

成团名单刚出来的时候，有许多观众都不服，凭什么看起来平平无奇的鲁肃能紧跟周郎之后，成为东吴的二代都督。只能说，大家对鲁肃的误解都太深了，简直可以写成一本《那些年被严重低估的鲁子敬》。

论外貌，咱们子敬体貌瑰奇；论基本功，鲁肃击剑骑射无所不通；论资产，想当年鲁肃可是给周瑜借过粮的，还一借就是三千斛，阔得袁

① 《吴书》：孙权每赐周瑜衣，寒暑皆百领，诸将皆不及。
② 普颇以年长，数陵侮瑜。瑜折节容下，终不与校。普后自敬服而亲重之，乃告人曰：“与周公瑾交，若饮醇醪，不觉自醉。

术都跑过来，想白送他一个官当当；论气魄，他散尽家财，扶老携幼，率领轻侠少年百余人，跟随周瑜东渡，是东吴的元老级人物；论勇气，他单刀赴会，敢与武神关羽正面硬刚。了解了这些，你还觉得鲁肃没资格成团出道吗？

吕蒙

三代都督 lv meng

真的有人会不喜欢养成型爱豆吗？吴下阿蒙努力起来，焕发出的魅力，吴大帝孙权都扛不住。

从一个连饭都吃不起的贫寒小子，到东吴军中的年轻将领，吕蒙不知吃了多少苦，受了多少委屈，为了保住自己领导的团体不被解散，他想尽办法筹集资金，带领队友们深夜训练，终于在检阅之日，有了亮眼表现，得到了 Boss 孙权的赏识[1]。

为了回报孙权的重用，他忍受着同期将领甘宁的排挤，努力搞好同事间的关系，还利用业余时间恶补文化课，用功读书，终于撕下了“吴下阿蒙”的标签。吕蒙的成团不是偶然，是汗水和泪水的沉淀！

陆逊

作为东吴的新生代都督，陆逊绝对是这一批选手中的黑马。他出身于江东四大家族之一的吴郡陆氏，然少年丧父，二十一岁就进入了孙权的公司打工，做过文秘，搞过基建，还带兵攻打过

① 《三国志》：时当职吏以蒙年小轻之……权统事，料诸小将兵少而用薄者，欲并合之。蒙阴赊贳，为兵作绛衣行縢，及简日，陈列赫然，兵人练习，权见之大悦，增其兵。

山贼。他是典型的儒将，有勇有谋……点，啄过曹休的眼，踢过关羽的馆。如此多才多艺的少……引起了孙权的注意，没多久，陆逊便做到了东吴内部的……迎娶了孙策的千金。

除了综合能力优异外，陆逊的……也非常突出。据东吴员工回忆，他在跨年夜上仅凭借斗……了绸缎、漆器等各色年会奖品，boss孙权不服气，非……切磋舞技，结果衣服、帽子、腰带都输给了人家。

四代都督
lu xun

制作人发言

孙权

东吴

你们曹魏和蜀汉的男团都这么偏科……，难道二位制作人压根就没见过几位文武兼备的综合性人才？那我可……荐一下。请看，这便是我们东吴的顶级男团——“全员都督”。

与传统的单打独斗型人才不同，我们……，个个都是可以带团队的。文臣武将们世代扎根在江东，从小便文武……发展，节假日还要补习水军管理课程，专业素质都高得很，彼此之间……，不是曹魏和蜀汉那些东拼西凑，临时搭建的草台班子可以比拟的。……吴物产丰富，公司福利特别好，平日不仅有言语上的夸奖鼓励，还时不……工送送豪车、游轮什么的，如果表现优异，连婚姻大事我们都给包了！……问周瑜、陆逊，他们的女朋友可都是我哥和我介绍的[①]。

①《三国志·周瑜传》：以瑜恩信著於庐江，出备……长。顷之，策欲取荆州，以瑜为中护军，领江夏太守，从攻皖，拔之。时得桥公两……策自纳大桥，瑜纳小桥。

扒一扒那些 未成团的美男子们

WEI JIN MEI NAN ZHI

文 / 顾闪闪

魏蜀吴三国的成团之夜已步入尾声，粉丝们的辛苦打投和殷勤期盼也终于有了结果，但许多观众仍旧表示意犹未尽。

“为什么我家哥哥没能成团？”

“经此巨变，日后三国圈的格局会发生怎样的变化？”

“未成团的哥哥们还会有后续资源吗？”

今天，我们特别邀请了三国圈的万事通修哥，请他现场为我们一一解答这些疑问。

修哥：本名杨修，曹丞相府主簿，三国八卦十级学者，学识渊博，聪慧至极。作为新闻界的后起之秀，修哥斗志昂扬，始终冲在三国热门话题的第一战线，号称对当世之事无所不知，无所不晓，以“自家老板的猛料都敢爆”“曹老板的心思一猜一个准”而在圈内闻名。

Q&A

问答环节

Q: 孔明居然没能在蜀汉成团，这也太匪夷所思了吧？是我疯了还是蜀汉娱乐疯了？

修哥：不会吧不会吧，不会还有人不知道诸葛亮已经在给蜀汉娱乐当导师了吧？诸葛亮本就是公司创业时期，刘备花大力气聘请来的军师，蜀汉娱乐“三分天下”的发展总方略就是他定的。

目前，刘备和诸葛亮正忙于荆州地产纠纷案，较少在公众面前现身。蜀汉娱乐不像东吴和曹魏，没有先天的地理优势，背后也没有强大的资本支持，前期资金的短缺令蜀汉娱乐几度陷入窘境。

但这家创业公司很重视挖掘人才，在几次重要战役中都表现得非常亮眼，白手起家的老板刘备又有着高贵的皇族血统，名正则言顺，因此才能迅速成长为汉末三大巨头之一。

转发（1）　评论（5）　赞（150）

粉丝热评：

@老夫墙头多如草：听说蜀汉娱乐成团后，想要向北发展，进军中原娱乐圈，消息属实吗？

@修哥回复@老夫墙头多如草：老板刘备本来就一直有一统天下的野心，诸葛亮也很支持他。不过北伐之路不可能一帆风顺，有很多秘密我不方便透露，但毕竟曹操和孙权都不是吃素的。

@曹魏唯一指定继承人：听说刘备的儿子是个扶不起来的主儿，他真的能担得起继承蜀汉大业的重担吗？这样一想，最惨的还是诸葛亮……

Q：吕布没能成团，绝对是全场最大的黑幕！当年刘关张捆在一起，都不是哥哥的对手，一定是有人嫉妒哥哥，在搞暗箱操作。

修哥：吕布未能成团主要是他个人原因。吕布的武力值和颜值都很能打，这一点从他的舞台首秀辕门射戟就可以看出，当时的优秀表现为他圈了大批的粉丝。

但他比较容易感情用事，工作期间也经常和女友貂蝉出双入对，卿卿我我，缺乏成团的个人素质。而且吕布这个人信誉度不高，退圈反杀这种事没少干，艺名都换了好几个，得罪了不少圈内大咖，是出了名的不好管理，时间长了，还是挺影响他的风评的。

照吕布的综合实力来看，他比较适合 solo 出道，现在他的经纪人陈宫在积极帮他想办法，杀出重围，拓宽市场。他这个经纪人很厉害，据说当年曹操重金挖他，他都没有看上。

转发（1）　评论（5）　赞（150）

粉丝热评：

@江东瓜田总代理：听说那个貂蝉和吕布的上一任老板董卓也传过绯闻，感觉吕布一代名将栽在这个女人身上，有点不值得。

@貂蝉姐姐的小月牙：勿 cue 我们三国第一娇花！你们吕布哥哥平时对我们貂蝉姐姐是何等殷勤，大家有目共睹，怎么一有事了，就是我们姐姐背锅。

@阿瞒不爱啃鸡架：歪个楼，老实说，我觉得三国第一娇花那还得数大小乔。

@貂蝉姐姐的小月牙回复@阿瞒不爱啃鸡架：曹操，别以为我认不出这是你的小号。

Q&A

Q: 小霸王孙策，我永远的意难平。不知道要是伯符将军还在世，今日成团的还会不会是这些人呢？孙权这小子真的能继承他哥的衣钵吗？

修哥：孙策确实是不少东吴小姑娘的白月光，英年早婚，可惜可惜，英年早逝，更加可叹。

孙权的管理能力和大局观还是相当不错的，我个人认为不逊于他哥哥孙策。而且这兄弟俩的用人眼光基本一致，东吴娱乐没有经历过人员上的大换血，孙策生前重用的周瑜，在他死后也依旧担任都督一职，正因如此，东吴才能在赤壁赛季大获全胜。

插句题外话，孙权掌权的时候，刚刚十八岁，年轻又帅气，一副帝王之相，坐拥江东，被称为“史上最年少霸道总裁”。他这个人武艺也很棒，能纵马投戟制服猛虎，要不是家里有江东要继承，自己出道当武将也没问题。

转发（1）　评论（5）　赞（150）

粉丝热评：

@东吴的烤鱼又大又肥：他们两兄弟加上周瑜我都喜欢！我是东吴的祖传老粉。

@江东的莼菜又鲜又嫩：祖传老粉 +1。

@誓与曹贼为敌：你们听说了吗？前段时间曹操在社交平台上大放厥词，说什么“生子当如孙仲谋”，这不是占我们孙权的便宜是什么？好气哦。

@仲谋弟弟的姐姐粉：姐妹不气，曹操嘲我们仲谋资历浅，但我们仲谋年纪小，活得久啊，哪像他都开始写什么《龟虽寿》了。

Q：想打听一下曹植，这孩子我从小看着长大的，少年天才，颜值又高，还是贵公子人设，曹魏没给他安排个出道位，不应当啊。能讲讲他的路线规划吗？

修哥：就像你说的，曹植的前途方面不用担心，他毕竟是曹魏的二公子，而且文化课成绩又拔尖，将来资源少不了。

据可靠消息，眼下曹老板最喜欢的儿子就是曹植，最近还在秘密筹划，想找家靠谱的音乐公司帮他制作新歌，歌名就叫《洛神赋》，讲的是一个仙女的故事，此举应该也是想开拓年轻人市场，吸引更多女性粉丝。

不过他们家族内部竞争还挺激烈的，不知来日他哥会不会给他下绊子。

转发（1） 评论（5） 赞（150）

粉丝热评：

@甜甜忌口不吃 be：不会吧？丕植兄弟关系不是很好吗？难不成我房子要塌了？

@修哥回复@甜甜忌口不吃 be：曹魏内部的事，不是像你们想的那么简单的，这里面水太深，只能说丕植还会以好兄弟的名义捆绑一段时间，其他的我现在也不好下定论。

第二章
竹林天团

任务二

穷途之哭

QIONG TU ZHI KU

文／白斩鸡

请愿人：阮籍　　朝代：三国

执行人：02号　　备注：无

任务背景：三国曹魏时期，司马氏篡夺曹魏政权。司马昭受封九锡时，需要先谦让一番，再由朝臣劝说其接受，阮籍被要求撰写劝进表。

请愿人身份：阮籍，字嗣宗，“竹林七贤”之一，因拒绝与司马氏合作，整日醉酒以逃避。

进入世界中……

LOADING

深夜，四下俱静，某间空旷的房屋里，早已喝空的酒坛凌乱地倒在地上，空气中满是还未散去的酒气，烛光微亮，角落的阴影处坐着一个颓丧的身影。

他身上酒气更甚，但低垂的眸中不见一丝醉意。他微张着口，想说些什么，却仿佛有千斤重物压着喉咙，让他发不出声音来。

这样的日子已经持续太久，久到他也记不清了。听闻传来的消息，司马昭的使者大抵明早就会来，他微不可闻地嗤笑，知道恐怕拖延不了太久了。

“若有谁能……”

罢了，阮籍没再细想，还是睡吧。他没脱衣服，直接侧身躺下。

一刻钟后你推开房门，此时距离日出还有一个时辰。

01

屋里的男人衣衫凌乱，眼下青黑，似乎是刚刚睡下，从他的神色中，你明显看出他还未清醒。听见有人进来的动静，他下意识就去摸索身边的酒坛。

“别喝了。”

你赶紧上前拦下，反手将酒坛扔向远处。

是个陌生人的声音，不像是司马昭派来的使者，阮籍顿时清醒过来，待看清眼前的人时，他露出疑惑的神色。

“你是谁？”

“我听见了你的愿望，是来帮助你的。”你解释道。

“愿望？我何时许过愿望？”阮籍诧异地说。

“司马昭狼子野心，却还要摆出虚伪至极的姿态，你不愿写劝进表，我应许你的愿望，来替你完成。”

你向四处张望，问道：“纸墨在哪里？我马上就动笔。”

哪知你刚站起来，就被阮籍一把拉住，他缓缓摇头，叹气道：“不用。酒鬼醉话而已，不必当真。”

“可是……”

你还想说话，却见阮籍侧身背对着你再次躺下，一副赶客的模样：“没什么可是，你走吧。”

穿梭古今完成过数次任务的你，头一次见到开头就反悔的人，可开弓没有回头箭，看着阮籍的背影，你选择……

A
不理会阮籍直接帮他写
跳转 04

B
继续劝说阮籍改变决定
跳转 02

02

任务成功率 50%。

竟然还有一半，你有些讶然。

解铃还须系铃人，既然是阮籍的心愿，就必须要他心甘情愿地完成。

但和一个宿醉多日的酒鬼讲话显然不是明智之举，看着阮籍半蜷缩着身体、眉头紧皱的模样，你略微思索后推门出去。

沏一壶醒酒茶的时间并不长，不久后你从厨房回来，再次踏进阮籍的房间。

他果然没有睡着，似乎对你的折返有些惊讶，闭上的双眼忽然睁开，有些愣怔地看着你。

你知道阮籍在想什么，却没多解释，而是扶他起身喝茶，然后推开窗户。微冷的风灌进来，吹散了弥漫的酒气。

暖茶入喉，驱散了一身的疲乏与头脑的昏胀。阮籍难得满足地喟叹。

“还剩不到一个时辰就要日出了，我们去做点别的吧。”过了一会儿你提议道。不等阮籍回答，你强硬地拉着他出了门。

好山好水，你领着阮籍一一走过。

踏上曾徒步登顶的山峰，站在悬崖边俯瞰天地；躲进曾避过雨的长亭，游览昔日与友人畅谈古今时的莲池，此时池中莲花盛开，分外繁密。

而最后，你们来到了山阳县的竹林。

看着身边的景色一幕幕切换，阮籍对你的印象显然有了转变，但他没有多问，心照不宣地不提你的来意。

“虽然这里承载了满满的回忆，但现在就不必饮酒纪念了吧？”

你这句玩笑话让阮籍终于露出了久违的笑容：“那时我初到这里，就好像寻到了心里期盼已久的仙境，与嵇康、山涛他们的结识似乎顺理成章，曲水流觞、谈天说地，好不恣意。”

“但其实，这里就像是遮在我们每个人脸上的面具，让我们对真正的自己避而不见，似乎只要不去想，就什么都不会发生。”

阮籍慢慢地走到一处石凳边，突然瞥见青绿的草丛里露出来一只酒杯，酒杯上满是淤泥，只有杯口处还有一丝莹白。

阮籍拾起它，又寻一处清澈的水坑洗净，然后把它轻轻地放在桌上。

他垂下目光看着酒杯。

“酒啊，是个好东西。可渐渐地，它好像承载了越来越多的东西，一笑而过的无奈、对面不言的叹惋，而后变成难以言说的苦闷与习惯的麻木。”

你接着说道：“但这一切不是任何人的过错，你只是……迫不得已。”

你真心实意地这样觉得，在这个世界上人多渺小啊，怨憎会求不得，都是在苦痛中踽踽独行。

“读了许多书，有些事我又如何不知道？”阮籍叹息着摇头，片刻后站起来问，“我还有个想去的地方，你愿意再陪我走一趟吗？”

你看向远方，天际已经出现鱼肚白，太阳即将升起，距离使者到来剩不了多长时间了。

时间紧迫，面对阮籍的请求，你决定：

A

任务要紧
早点回去

跳转 05

B

答应阮籍
陪他一起

跳转 03

03

你不假思索地点头：“当然。”

就算时间不够，你也不忍心拒绝阮籍的要求。此时此刻，你只想再多陪陪他。

你没想到阮籍带你回到了他长大的地方。那里不过是一处旧房子，已经没有人居住的痕迹了，推开门只有扑面而来的灰尘。

“你就是在这里读书的？”

阮籍已经走进里间，你注意到门槛旁边摆着一块小小的草垫，刚好是孩童能席地而坐的大小。

阮籍探身望了一眼，应道：“这里光线好，白天能晒到太阳，夜里晴朗的话，还能照到月光。”

“以前的你一定很辛苦吧。”你感叹道。

阮籍很小的时候父亲就不在了，是母亲一人把他拉扯大的。他家的生活条件不太好，母子二人只能住在这间不大的屋子里。

阮籍不置可否：“所以那时我唯一的想法就是读书，若是有一天出人头地成了英雄豪杰，就带着母亲住到更好的地方去。”

“但……”阮籍话锋一转，“现在想来，大抵是幼年时太过天真，并不了解世事难料与身不由己。‘时无英雄，使竖子成名’这样的话，此时的我恐怕再也说不出来。毕竟，英雄哪是那么容易就能当上的呢。”

“不，”你看向阮籍，神色是前所未有的认真，“你就是英雄。”

阮籍想要反驳，但被你止住：“在我看来，人生在世总有许多限制，但只要精神是自由的、不屈服的，他就足以成为大家心目中的英雄。我相信，一定有许多人的想法和我一样。”

你的话语掷地有声，重重地落在阮籍的心上，让他有一瞬间的动容。

不知何时阮籍手中的草叶已经被他编织成了一只可爱的小鸟，梳理好尾巴之后，阮籍将它递给你：“这是小时候母亲教我做的，我给它取名自由，送给你。”

“谢谢。”其中的寓意太过珍贵，你小心翼翼地收下，捧在手中。

此时此刻，你最终决定：

A 借机劝说阮籍完成心愿 跳转 06

B 放弃劝说痛快喝酒 跳转 07

04

任务成功率 90%。

见阮籍已经歇下，你便不再打扰。反正任务已经明确，你在柜中找到纸和笔，就着微弱的烛火，开始模仿阮籍的笔迹书写。

不料刚一提笔，就感觉到一阵劲风袭来，手中一空，漆黑的浓墨在白纸上斜斜地画下一道痕迹。

紧接着，毛笔“啪”地掉落在地。

你惊讶地抬头，只见阮籍与你隔着桌子相对，手臂上青筋凸起，似乎在极力隐忍。

“阮籍……”

你开口叫他，却不知道该说些什么。

苦学多年却逢此乱世，满怀志气却无缘良人伯乐。他的难受和煎熬你都知道，正因如此你才决定帮他，起码有些东西不会脏了他的手。

可是半晌，阮籍才低声说了句“算了”。

算了。

轻飘飘的两个字落下，不知为什么犹如千斤重，让你忽然有些喘不上气来。本该恣意洒脱的人，如今却变成了这副披头散发、凌乱不堪的模样，带着满身散不去的酒气，只能苦苦压抑自己。

不过是一篇文章而已，又有何难？

阮籍自嘲一笑，待使者来后，一字一句，犹如泣血。

本来任务能成功完成，但因为许愿人跨不过自己心中的那道坎，任务的成功率忽然变为 0%，任务失败。

达成结局

沉夜难眠

05

时间不早了，再不回去就来不及了。如果使者发现家里没人，不但之前的戏统统白演了，若是被有心人知道，还不知道要怎么参他一笔。

因此你想了想，还是拒绝了阮籍的请求。

阮籍的神情里似乎有一丝失望，但他没有多说什么，跟着你回了家。

但没等你走进房间，阮籍便一把将你关在门外，他语气冷淡："之前的许愿作罢，我的选择我自己承担，就不由你费心了。"

之后阮籍便没了动静。他无视你的存在，将片刻后到来的使者迎进屋内，将写好的劝进表给他后，再送他离开。

你什么也做不了。

达成结局

异路殊途

06

饶是如此，你仍然放心不下阮籍。你不能眼睁睁地看着他做违心的事，而后一辈子如鲠在喉。

你用眼角余光瞥见阮籍腰上挂着的酒，心想不知道能不能让阮籍醉倒在这里，自己去替他完成劝进表。

然而阮籍看穿了你的心思，微不可见地摇了摇头，逃避了这么多年，人生中该遭遇的劫难，终归是逃不掉。

但你不想放弃，试图在他的眼中找到一丝动摇：“可是，你能过得了自己这关吗？”

“过与不过，都是我自己的人生，与其他人无关。时辰不早了，回去吧。”

阮籍迈步离开，你别无他法，只能跟上。回家后阮籍自顾自地走进屋子，浓重的酒气再度弥漫开来，你听见酒坛碰撞与碎裂的声音，心里焦急。

可你根本拦不住，很快使者便敲响了房门。你看见阮籍醉醺醺地将人请了进去，又醉醺醺地将人送了出来。使者拿到了想要的劝进表，满意地离开了。

你看着手中任务失败的提示，心中针扎似的疼。

达成结局

难言之悲

07

事已至此，你明白有些事情在阮籍的心中已经有了答案，那便无须强求。

阮籍再度回房，他不知从哪儿找出两个破旧的碗，端着走过来坐在你身边。他将酒倒入两个碗中，颇有一番与你共饮的架势。你便也不推辞，端起碗来敬他。

阮籍与你碰杯：“我自认不是什么圣人，能活到这个年纪不过是侥幸。但今日，得一人知我忧愁、懂我愤懑，也就值得了。”

瓷碗相碰发出清脆的声音，仿佛天地间两个灵魂的碰撞。

过了一会儿，你好奇地问：“醉酒的感觉是什么样的？”

“如坠美梦吧。”阮籍望向远方说道。

忘却一切现实中的烦恼与苦闷，置身于虚幻的梦境，一切应有尽有，求则必得，好不快活。

“那就陪我醉一次吧。”你俏皮地朝他眨眨眼，“欢迎你走入我的美梦，也许会有不一样的人生。”

阮籍微笑道：“好。”

遥远的天边太阳缓缓升起，将蓝天与白云镀上一片灿烂夺目的金色。你不知道自己与阮籍是如何醉倒的，只是隐约有个人的脑袋忽然靠在了你的肩膀上，伴随着呢喃：“谢谢，我已经无憾了。”

你仰起头，轻轻眨了眨睫毛不让眼泪滴落。虽然结局无法改变，但只要他心甘情愿，就是对自己最大的成全。

一刻钟后，你带着阮籍回到最初的房间，正好碰上司马昭派来的使者。借着昏沉的意识，阮籍提笔写下《为郑冲劝晋王笺》后便彻底醉倒过去，不省人事。

使者纵使还有话对阮籍说，此刻也开不了口，只好拿着劝进表离开。

任务最终失败。

达成结局

如坠美梦

向秀

我只愿安静地当个配角

文/章仪

作为中国古代历史上独一无二的魏晋名士“天团”，竹林七贤的名号可谓是家喻户晓。而一提起七贤，最先被谈及的难免是超凡脱俗、行为潇洒的阮籍与嵇康，又或是功业卓著的山涛、王戎，再或者是刘伶这样有着酒后裸奔事迹的高阳狂徒。

至于向秀这个名字，却常常被搁置一旁，仿若一个无足轻重的角色。

向秀自小也是响当当的学霸级人物，他出生在河内怀县，少年时就已经在当地小有名声，所谓“清悟有远识”是也。

也是在少年时，向秀受到了同乡山涛的赏识，并陆续与“七贤”的其他人结识，就此展开一段令无数人向往的“竹林交游”的故事。

常言道：魏晋名士三大宝，饮酒、清谈和服药。而魏晋名士的放浪形骸、肆意酣畅，大抵与这“三宝”相关。不过我们的向秀同学却是有些不守“士德”，不仅没有喝酒服药后恣意畅快的“事迹”流出，而且整日里最喜欢的就是安静地捧着书看。

就连向秀的两个好友也常常嘲笑他，《世说新语·向秀别传》就有记载：“嵇康傲世不羁，安放逸迈俗，而秀雅好读书，二子颇以此嗤之。”

面对行事向来洒脱不羁的好友的嗤笑，向秀也不为自己辩白，反而同他们一起挠着头一笑罢了。

但若是严谨些说，向秀同学确实是有些与众不同的爱好：一是锻造，二是灌园。嗯，通俗点来说就是，打铁和种菜……

且看镜头一转：只见一间普通的农家小院内，七尺多高的俊朗男子正在树荫下挥汗如雨地打铁，举手投足间尽显潇洒有力的气派。这名沉迷于打铁的男子，就是人称“龙章凤姿”的嵇康。

不对，我们的向秀同学呢？别急，再将镜头稍稍下移，这位在旁边帮着嵇康打下手拉风箱的人就是了。

端详一二，这名男子面容虽不如嵇康俊美，身量也不是那般高挑修长，至于体格……嗯，好像也算不上孔武有力。看上去，不过就是个普通清秀的儒雅青年。

但被衬托得如同配角的向秀同学无丝毫不快，只与嵇康“相对欣然，旁若无人”。向秀也是一身大汗淋漓，不过依旧十分尽职尽责地拉着风箱，有时他也会转头同嵇康交谈几句，或是抬眼看看前方怡人的田园风光。

若要说他有什么异于常人之姿的话，或许只有他面上始终挂着的淡淡笑意，那恬淡自若的样子仿佛永不会被外物所惊扰。

在七贤中，还有一位低调得可与向秀媲美之人，其名为吕安。吕安出生官宦之家，是镇北将军、冀州牧吕昭的次子，他的家世要比平民出生的向秀显赫些，但其为人很低调。

在竹林交游中，吕安与向秀、嵇康熟识，因志量开旷、超凡脱俗的心性与二人相投，所以私交甚笃。

因此，作为铁三角，向秀自然也不能因为总和嵇康一起快乐打铁，就忘了吕安。于是他在山阳一带和吕安一起发展了“种菜”这一爱好。

二人共同侍弄起一方菜园子，你挑水来我浇园，又是另一派田园牧歌的生活。而时间一长，这菜园也是小有起色，除了能够自给自足之外，竟还有些富余的可做买卖交换之用。

很长一段时间内，向秀凭着打铁和种菜赚点生活费，算是有滋有味地在山野间生活着。况且他也并不孤独，可以随时欣赏身边的帅哥嵇康，虽然偶尔两人之间也会有激烈的论辩，就像《晋书·向秀传》所言：“又与康论养生，辞难往复，盖欲发康高致也。”

此外，向秀还可以随时随地拿着自己新写好的《庄子》题注去反复“骚扰”吕安，最终得到其“庄周不死矣”的惊呼赞叹，以至于向秀后来每每想起当时的情景，还有些小小的自得涌上心头。

欸，不是说好的才华横溢的名士吗，怎么没有做大官成大事，反而成天打铁种菜，就像个乡野农夫似的呢？

说来也是无可奈何。

正始十年，司马懿起兵发动政变，控制了京都，自此天下格局大变。司马氏奉行严遵礼教的高压统治，对崇尚道家玄风的魏晋名士自然不待见。《晋书阮籍传》称：“魏晋之际，天下多故，名士少有全者”，寥寥几笔，勾画出了那个血腥恐怖的时代。

而崇尚老庄之学的向秀，也只有选择超然出尘，在山野田园间畅行自己的玄哲之道了。想来“七贤”在竹林清谈时，大抵也以反抗司马氏名教之治为主题。至于打铁种菜的营生，便可让他“不虑家之有无”，因此得以坚定地使“外物不足怫其心”。

然而，意外总是在不经意间悄然发生。向秀也不得不拿着命运的剧本，从一个只是存在感稍低的配角，转向了无法避免的悲情人设。

“以为巢许狷介之士，未达尧心，岂足多慕”，向秀这样向皇帝说道，他垂下眼眸，放下了自己的身段。在种种压力逼迫下，他承认了，像巢父和许由这样的人，不过是孤僻高傲，并不了解尧帝求贤若渴的用心，而隐居的生活也并不值得羡慕。就像他自己一样。

只是，他真的甘心吗？我们听不到回答，只能从寥寥数语的史料中去触碰历史的风沙。表面上看，向秀用一句话便引得皇帝龙颜大悦。只是于向秀而言，这更像是一句心酸的告别，既是对自己，也是对自己那死于政治暴力、被人阴谋陷害的好友——嵇康与吕安。

那是一场说起来都有些荒唐的事件。吕安的兄长吕巽觊觎弟媳徐氏。东窗事发后，拿不定主意的吕安正向好友嵇康询问此事该如何处置。谁知吕巽恶人先告状，先诬告吕安殴打母亲是为不孝。

后来嵇康与吕安共同为此事辩解，却被钟会以谗言污蔑。当局者司马昭早就对这些不肯入仕的名士心怀不满，借此机会将嵇康、吕安二人收捕下狱，不久，俱杀之。

谁能想到，一场兄弟阋墙的闹剧最后竟成了一场血腥杀戮的导火索呢？向秀自然也没有预料到。最亲密友人的离世残酷地揭示了命运的无常，几乎击碎了他的坚守。死者长已矣，存者且偷生，可是这样的存者，内心亦承受着堪比死亡的巨大痛苦。

大约在景元四年元月，向秀含泪挥别了山水竹林，结束自己的隐士生活，以本郡计吏的身份奔赴洛阳，后又被任命为散骑侍郎，成了“七贤”中最后一个向政治强权妥协的竹林名士。

在准备赴任的途中，向秀有意绕道去了山阳的嵇康故居。而那个充满回忆的地方，却已然一派斯人已逝，物是人非之景。

在这条告别自己的路途上，他无法不怀念与嵇康、吕安二人的友谊；无法不想起二人的才情风姿；无法不回忆与二人锻铁浇园时的欢声笑语；也无法忘怀嵇康赴死时抚一曲《广陵散》的凄然决绝。

此时此刻，夕阳西下，寒气渐生，恰巧有邻人吹笛，笛声嘹亮悲凉，直勾人心弦。向秀再也忍不住内心积郁的情感，悲从中来，创作了千古绝唱《思旧赋》：

“将命适于远京兮，遂旋反而北徂……悼嵇生之永辞兮，顾日影而弹琴。托运遇于领会兮，寄余命于寸阴。听鸣笛之慷慨兮，妙声绝而复寻。停驾言其将迈兮，遂援翰而写心。”

向秀在赋中细致地描写着自己一路上的经历：他说自己奉旨做官远上京都，但终究放不下心中的遗憾，又回身向北而去，路过昔日在山阳的故居，却只看见满目萧条，只得重新走过嵇康、吕安走过的路，所经之处只余深巷空屋。

他以《黍离》之悲、《麦秀》之感，寄托着对故友旧事的深切思念，也显露出对魏室行将倾圮的隐痛。

他念及古人李斯的经历，叹息长吟，哀悼嵇生与尘世永别时，回顾日影再一次弹响的鸣琴。此时此刻所有对于命运的慨然已尽数付与了向秀的笔尖，终于成就了一篇为无数后人所引用的《思旧赋》，“闻笛”也成了后人寄托离愁与忆旧之情的经典意象。

然而，即便是在这篇生发于强烈情感的赋作间，向秀也仅仅表露了他与嵇康、吕安交游的些许情态。在这些欲露还休的字句背后，是统治者严酷的政治压迫与向秀“哀莫大于心死”的痛楚。

这世道，不过是为了保全自身，竟也如此艰难吗?

入仕之后，在司马昭的忌惮之下向秀未有什么实权，虽有官职但并不管事。如此情状，自然也少了官场中的歌功颂德、曲意逢迎，于是，向秀在生命的最后时光还得以继续研究《庄子》。

向秀去世后，留下了两个年幼的孩子，也留下了一个抹不掉的遗憾——他还余

《秋水》《至乐》二篇未注完。多年钻研下，向秀对《庄子》的研究已然深透，旁人评价其能够揭示宗旨、阐发真义，使读者莫不得到满足。但后来一个名叫郭象的人动了歪心思，他发现向秀的注解还没有流传于世后，自己补上了向秀未完成的两篇，又在其他篇目里修改一点，就此窃取了向秀的成果为己用。

就连自己一生呕心沥血的成果，最后也被冠上了他人的名号。不知向秀九泉之下又会有何感想。他还会轻轻地一笑而过吗，又或只是静默无言？而在历尽了家国动荡之悲、人生难圆之殇、亲友零落之痛后，他还能表现出些什么呢？

可以说，向秀不过是“竹林七贤”中最为单纯的一名学者。他家世普通，一生苦心参研老庄之道，为魏晋玄风增光添彩，更让超凡脱俗的道学在文化史上留下了浓墨重彩的一笔。

星斗其文，赤子其人，君子如水，君子如玉。向子期曾以清丽的君子姿态向我们走来，沾染了一身俗世尘埃后又离去。尽管这一路表面看来仅是淡然，但我们知道，在滚滚历史长河中，无为亦是逍遥，“配角”也动人心……

阮咸

关于阮的自白

文/望城叽

1

说来你不信，我叫阮咸，你也可以叫我阿阮。

我有一个圆圆的肚子，有一段又长又直的脖子，脖子上还有四弦十二柱。

我还有一个成天爱喝酒、性格洒脱放旷的笨蛋主人。

哦，忘了说他的名字。他也叫阮咸。

我与他少时便相识了。

那时他还是个风采艳艳的少年郎，与别家小孩喜欢捉猫逗鸟不同，他平素里最喜欢穿着一身宽袍，然后一路小跑着去找叔父阮籍玩。

阮籍的大名，想来你也听说过，他不仅是竹林七贤的门面，也是当世性格最古怪、放荡不羁的名士之一。

古语有云：近朱者赤，近墨者黑。我其实是不怎么想让他接近阮籍的。毕竟以我活了这么些年的经验来看，在这荒唐的乱世中，低调顺从地过日子，比什么都重要。

但事与愿违，公子再大些时，整日与阮籍等人游于竹林，不是喝酒清谈，就是打铁服五石散，有一次甚至喝了个酩酊大醉，面色潮红，脱了衣裳发酒疯。

还有一次，阮氏族人聚会，喝得尽兴时，大家都扔了杯子，捧起大瓮来装酒。这时，几头不知从哪来的小肥猪闻到酒香，也凑了过来，哼哧哼哧大口地从大瓮里舔酒喝。众人与公子丝毫不介意，还快乐地与猪共享一瓮酒。

荒唐！真是荒唐！这、这如果让外人知道了，成何体统！

我的担心不是没有道理的。竹林七贤中的老大哥山涛向来欣赏公子，某次向晋武帝举荐公子为吏部郎，让他负责选举。

这可是天大的机会啊，远比只在皇帝身边当侍从要厉害得多。可没承想，公子的“英名”早就传到了晋武帝耳朵里，他直接以一句“崇尚虚浮之谈、嗜酒如命”为由，把公子 pass 掉了。

公子啊！阿阮让你为人低调些，你非不听，现在错失良机了！

但公子并不在意，瞥了我一眼，便将我的谆谆教诲抛在了脑后。

阮咸（欠打）：“我就是我，不一样的灿烂烟火。”

我（一口老血）：“带不动，带不动。”

2

虽然公子无甚优点，平时又欠揍得很，但他从小便精通音律，甚至有令人艳羡的绝对音感，令我很是满意。

在我们音乐界，从来不缺少乐评人。但乐评人也有级别划分，像荀勖这种精通乐理之人，虽然是西晋开国功臣，身份高贵，但在音乐造诣上，级别也只是“暗解”。

而我们家公子可不一样了。公子从小浸淫在乐器和乐理中，精通八音，被称为“神解”。

一“神”一“暗”，谁优谁劣，高下自见。

欸？我可不是王婆卖瓜，自卖自夸，这可是有证据证明的。

荀勖虽然不及我们家公子，但还是有一些乐理储备，每次宴会奏乐时，只要是他亲手调整后的音律，都很和谐动听。

南北朝时，为了规范礼乐法度，创新了名为“十二律”的新律。荀勖很是推崇，还自创了十二只笛子，用来在宴会上演奏新律，从而规范雅乐。

正巧，在一次官员的聚会上，公子听到了荀勖调试后的新律。当时他一手端着酒杯，一手摩挲着长箸，侧耳聆听了片刻，面上便显露出一丝不愉。

新律调子高，听着隐隐有悲哀亡国之意。而雅乐作为传统宫廷音乐，能体现一国风范，必然有庄严大气之感。两者表意有疏，前者定然不符合雅乐规范，而造成这一现象的原因，很有可能是先代和现今制作乐器的尺度标准不一样。

荀勖知道公子的见解后，气得吹胡子瞪眼。

荀勖：“我的水平还轮不到你一个小小的散骑侍郎来质疑。”

阮咸：“明明错了，偏偏死鸭子嘴硬。”

自此，荀勖便怀恨在心，还找各种莫须有的借口，将公子贬出朝廷。

我：“哼！荀勖小人！输不起！还欺负我家公子，以后有你打脸的时候。”

多年之后，有个农夫从田里挖出了一把周朝的尺子，荀勖按照这把尺子的度量来校准自己制作的乐器，发现都短了一截。

别小看这一截，正是它让演奏的曲调变高了。

被唰唰打脸后的荀勖回想起公子的评价，这才感叹道自己错了。

3

我（恨铁不成钢）：“公子，咱能不能不要这么耿直，荀勖官大，就算所奏不合雅乐，咱听听就过去了，干吗因这点小事，毁了自己的前程。”

阮咸（捂住耳朵）：“不听不听，王八念经。”

我（叹了口气）：“算了算了，习惯了。”

想当初，阮家是个大家族，各亲戚虽然住得近，但也有贫富之分。公子的家境并不优渥，当时还和他叔父阮籍住在大道南边的穷人区，而大道的北边便是富人区。

七月初七这日天气挺好，富人区的院子里都晒满了各种珍贵的绫罗绸缎，从远处望去绸缎鲜艳柔美，随风飘扬，十分好看。而我们家公子屁颠屁颠地在庭院里支了根竹竿，将自己用粗布做的补丁犊鼻裈给挂了上去。

我（捂脸）：“啧！公子，以后出门别说我们认识，好吗？”

阮咸（一脸骄傲）：“我晒犊鼻裈怎么了，我骄傲了吗？我自豪了吗？”

甚至有人看见这一奇景，还追问公子是怎么想的。

公子当时大大方方地叉着腰回答：“我也不能免俗，人总要晒衣服嘛，姑且就这样晒吧！”

这些老旧账黑历史，咱暂且不论了，但是公子你能不能给我解释下，近期发生的那件轰动魏晋圈的孝期骑驴追老婆是怎么一回事。

听闻公子的姑母身边有一位貌美的婢女，此婢女本是鲜卑族，长得高眉深目，早早便勾住了公子的心神。

但是不巧姑母打算搬家到远方，婢女自然也会跟着一起远走。知道公子割舍不下，姑母起先决定将婢女留下，但不知为何，在临出发时，还是带上了婢女。

公子那时正在为母亲守孝，而按照祖制，孝期是不方便串门的。但得知此事后，公子整个人仿佛打了鸡血一般，披麻戴孝连衣裳都没换，抓过一旁客人的小毛驴，飞快地朝大道奔去。

最后公子成功追回了老婆，还一脸庆幸地感叹道：“能为我传宗接代之人不能丢啊！”

真不愧是你，“耿直咸子”——阮仲容！

4

好了，介绍了这么多，你应该也和我一样，喜欢上了我家这个又憨又直又有才的公子了吧！

虽然公子一生并未如阿阮所愿，过得富贵顺遂，但他至少活出了真实的自己。

最后，阿阮想说，此生很庆幸能与公子相遇，也很感谢世人，选择以他的名字呼唤我。

——你好，我叫阮，也可以叫我阮咸。

阮咸的导师音律小课堂

文/明戈

第一讲

阮咸：“感谢各位同学这么捧场，来上我们的音乐课。首先自我介绍一下，我是散骑侍郎阮咸，来自非常火的‘竹林七贤宇宙天团’。我们这个团啊，很朋克，没事就是……”

嵇康连忙伸手捂住阮咸的嘴：“想让教育局抓你是不？”

阮咸赶紧闭了口，而后看了看嵇康，一拍大腿：“对了，你看我这记性，差点忘了介绍另一位老师——高冷男神嵇康大大！嵇老师作为我们团的颜值担当，可以说是相当帅气了。身高一米八，面如冠玉。山涛兄都夸他‘岩岩若孤松之独立；其醉也，傀俄若玉山之将崩’。”

嵇康一脸黑线：“不是教音乐吗，怎么扯上长相了？”

阮咸背过身压低了声音。

“为了上座率，你就被迫营业一下。”而后他转向台下，微笑道，“那我们话不多说，现在就来介绍一下课程。首先这门课由我们二位担任老师，大家可以完全放心教学质量。众所周知，我精通音律。至于嵇康，更是丝竹管弦样样精通。音乐课总共分为四部分：乐器入门、乐理与演奏、教材推荐和实际教学。今天呢，我们就来进行第一部分的教学，乐器入门。”

说罢，阮咸拿出一把四弦琴。

“大家都知道，我善弹琵琶，尤其是长颈琵琶。”

阮咸边说边将琴抱在怀里，摆出一个演奏起势。

“这就是我的标准 pose，大家应该经常能在海报上看到。我怀里这把琴就是我改良的，木制，直柄，共鸣箱为圆形，四弦十二柱。不是我吹，经过我的改制，琴声变得大且洪亮，音域也广得多，音色更是十分优美动人。对于大多数演奏者来说，都能更游刃有余地施展技巧。弹奏起来，有一种别样的叙述感，既能娓娓道来，也能直抒胸臆，音乐表达能力极佳！这把琴我还没取名字，当然，我也不能大言不惭地用自己的名字命名，所以这把无名琴，就等流传开来，看大家或后世如何取名吧，我本人反正是毫不在意。”

“出了教室右转就是我自己开的琵琶小店哈，欢迎大家前去购买同款。咱也不贪财，主要是为了赚点外快买酒……”阮咸说罢掏出酒壶喝了一口，而后朝嵇康努了努嘴，“我的乐器介绍完了，接下来有请嵇老师。”

嵇康高冷地点了点头，而后拿出自己的琴。

“鉴于课时有限，我就不逐个介绍了，今天着重讲解我手里这把琴。”

“此琴为七弦，有十三徽。作为一架好琴，其制作过程非比寻常。首先，制作用的梧桐木就十分有讲究。‘惟椅梧之所生兮，托峻岳之崇冈。披重壤以诞载兮，参辰极而高骧。含天地之醇和兮，吸日月之休光。郁纷纭以独茂兮……’这种植梧桐的地方，要峰多且高，伟岸逶迤，梧桐得以吸取天地日月之精华，才能生出好木材。至于做琴的人也不能马马虎虎，要德艺双馨，品性完美的人才行。”

“这样制成的琴，可‘奏妙曲，扬白雪，发清角。纷淋浪以流离，奂淫衍而优渥。

粲奕奕而高逝，驰岌岌以相属’，在演奏白云清角等曲时，可如山泉流淌纷纭，如沼泽连绵滋润，如禽鸟高飞振翅，如骏马相逐疾蹄。音色变幻莫测，直击听众心灵。”

嵇康说着，用手拂过古琴，眼里闪过难得的一抹温柔。

“我手里的，就是这样一把集自然与匠人之精华的好琴，我卖了东阳旧业才买到它。为了有一块配得上它的琴徽，我特意向尚书令讨来河轮佩玉，细细磨薄镶在琴面。不仅如此，琴囊都是我用玉帘巾单，缩丝制成。平时这把琴都被我珍藏起来，今日是第一次展示于众。”

阮咸连连点头：“这话是真的，有一次山涛醉酒，差点把琴摔到地上，嵇康径直冲上去用身体护住琴，简直对它宝贝得不得了，今天你们真是有眼福了！”

• 课堂小互动 •

同学 A

呜呜呜，嵇康老师好帅！买长颈琵琶可以送康康吗？

阮咸搓搓手开心道

送！只要买琴就送！

嵇康冷面看向阮咸

送你离开要不要？

第二讲

“上课。”嵇康整理着手里的教案，抬起狭长的眸子扫向台下的学生，声音低沉而有磁性。

女生们不禁捂住胸口，眼里冒着小星星。

“今天这节课学习乐理与演奏，原本我负责后半部分，阮老师负责前半部分。他有点私事，会迟到一会儿，所以就先由我来授课。

“古琴弹奏时需置于身前，琴额与岳山在右侧，琴尾与龙龈在左侧。右手需抹挑勾剔，左手绰注吟猱。其中还有诸多技巧，比如滑音又分为上滑音与下滑音，还根据时值等不同，又产生了点滑、按滑等技法，这些都是指尖的技术。可我今天要说的，是指尖的艺术。”

嵇康说着，在黑板上写下“情感”两个大字，笔锋遒劲有力。

“一次我夜宿洛西华阳亭。月亮初上，我不禁来了兴致抚琴，一曲终了，才发现一位老者竟在我身后伫立已久，表情略带惋惜。问其缘由，老人说我的指法很熟练，技巧也很花哨，却将这首悲壮之曲弹得太温婉柔和，失去了本身的意义。

“随后，他给我讲了这支曲子背后的故事——聂政的父亲为韩王铸剑，因逾期几日，便被韩王所杀。韩王好琴，聂政为了隐藏身份给父亲报仇，漆身为厉，砸落牙齿，又吞炭变其音，隐姓埋名在山中学琴十年，终得机会进宫。一曲仙乐后，聂政弃琴执刃，刺死了韩王。大仇得报后，聂政为了不连累母亲，又当场自毁容貌，断其形体，死在众人前。

“老人讲完后拿过琴，闭目安静了许久，才伸出双手开始弹琴。一开始琴声沉闷压抑，每一弦都直直叩在人心上，让人喘不过气来。而后，旋律又变得铿锵激昂，恍如注入了一种信念的力量，连四周的空气都波动着澎湃起来，最后琴声渐低，如泣如诉，变幻中带着悲壮与悲凉。琴声呜咽中，天地万物仿佛都为之屏息静止了。所以弹琴光有技巧是不行的。心中的情感与乐曲融为一体，才是琴声动人的真谛。而待我回过神来，再去寻那位老者，他却已经消失不见了。”

嵇康话音刚落，阮咸笑着从门外缓步走进来。

“不好意思来迟了。嵇老师，你这故事是真事，还是为了教学编的？”

嵇康沉吟片刻，而后摆了摆手：“世人信则真，不信则假。不足论，不足论。”

一名学生举手问：“老师，那这首曲子叫什么啊？”

“先不告诉各位。最后一节课，我弹与诸生听。”嵇康抚了抚自己的琴，抬起头柔声道，墨色的眸子里仿佛装着一潭深水。

阮咸拿出教案与酒放到讲台上，清了清嗓子：“来来来，大家从粉色泡泡里醒醒，那位同学擦一下口水哈，该我讲课了。先跟大家解释一下，我今天因为醉酒来迟，唉！都怪荀勖来着，就是那个开国功臣。至于具体原因，正好和我们今天要讲的课程有关。

“荀勖善解音声，前阵子用十二支笛子作了首新曲，想要在宫廷晚宴上表演，还得意扬扬地请了我去听。到那儿我一听就发现问题了，新律音调过高。我就和他说，前朝和我朝的音乐度量衡不一样，你这曲调有问题啊。结果荀勖说：‘呸，你才有问题。’”

阮咸拿起酒壶喝了一口，连连摇头：“荀勖这个人啊，就是自我感觉太良好了，总觉得自己在音乐方面牛得不得了，容不得半点质疑。那之后，他就开始在皇上面前给我小鞋穿，处处排挤我，这不，还把我贬成了始平太守。”

嵇康顿了顿：“你确定今日来迟是因为喝醉，不是被贬？”

阮咸：“哥，小点声。”

第三讲

阮咸双颊泛红，带着一股酒气，步伐不稳地走上台。

“距……距上次讲课已过了几个春秋，真是许久未见，想……想死你们了。”

学生：“您不说还以为学校倒闭了。”

“那，那怎么可能，还有两节课没讲呢。”说罢，阮咸晃悠悠地掏出一本《琴集》，“来来，大家传阅一下，哈哈我写的。”

虽然阮咸拿了一本书出来，但丝毫没有把它当作教材的意思，仿佛就是给大家看一下。

“我知道这节课是要讲教材，不过我的经验是……”阮咸打了个酒嗝，“没有教材就是最好的教材，不要拘泥于形式。你们看老师我，就是自由生长散养派的代言人。我也没有系统学过音乐，这么多年来主要就是在解放天性。”

阮咸说到这里，似乎清醒了一些，眼睛泛出灼灼的光来。

“我不在意世俗礼节所规定的一切，只想在山水间肆意畅饮，与自然共同呼吸生长。江河湖海都是我的琴谱，山川日月都是我的教材。有了这样壮阔洒脱的心境，还怕弹不出好曲子吗？”

嵇康在一旁看着阮咸侃侃而谈，不由露出一丝笑意：“此番话让我想起阮兄的《三峡流泉》，先前有幸耳闻一次，真乃琴与自然合二为一的佳作，让人不得不叹服。”

阮咸却是一边将讲台让给嵇康，一边道："嵇兄的《长清》《短清》《长侧》和《短侧》才真是佳作，皆取意于雪，言无尘之志。”

嵇康走上台前，将印好的教材让学生发了下去。

“我推荐的教材是我作的《琴赋》，其中从琴的取材、外在装饰、演奏情状、琴的审美主体形成，到老庄思想发展出的琴美学等，我都做了论述。阮咸说他无教材，我与他别无二致。虽然有这样一篇赋文为参考，但也只是辅助大家用更自由的心去享受琴这种乐器。

“在以悲为主调的今天，这种好哀之风主要是因为众多士人内心苦闷，而这种苦闷是依附于政治上的。所以与其让外物影响自己的心，不如把心寄托给自然，让心在无限的自由中得到不朽。”

“说得好，让心远离教条束缚，真是洒脱不羁。”阮咸拍了拍手，而后又转身对台下学生们说，“你们嵇老师不仅说得酷，做得更酷。前两天山涛竟然推举他去宿敌司马家做官，人家直接一封《与山巨源绝交书》，给山涛加入黑名单了，更没搭理那个司马昭。太飒了！你们都学着点。”

· 课堂小互动 ·

阮咸

今天大家都学到了什么呀？

众学生

善用拉黑功能！

阮咸

这帮学生没救了。

课程暂停。复课时间另行通知，

下周上课，更换教室至刑场旁。

第四讲

这节是实际教学课。

阮咸一改往日嬉笑的神情，手抱长颈琵琶走到学生面前，一言未发。他低着头，几缕碎发遮住了他的脸，表情不甚分明。

众学生也都眼含泪水——今日是嵇康行刑的日子。

嵇康前不久为好友吕安作证，却因此触怒了司马昭。对嵇康积怨已久的钟会趁机陷害他，司马昭听后，下令处死嵇康与吕安。

欲加之罪何患无辞，众人皆知嵇康是被冤枉的，可毫无办法。

一直未说话的阮咸一个起势，而后弹奏起琵琶来。

那是嵇康一直爱的《三峡流泉》。

弦音起初犹如流水叮咚，而后又如巨石奔崖。飞浪扼石间，喷涌着雷鸣之风。

回湍倒流，指下悬瀑，在阮咸的演奏中，仿佛三峡就在众人眼前。

伴随着澎湃磅礴的琴声，三千太学生声浪阵阵，声如洪钟，集体为嵇康向朝廷请愿。

可这一要求被驳回了。

四弦一声，阮咸一曲终了，遥遥望向嵇康的方向。

嵇康负手站立在刑场上，面上毫无恐惧之色。他垂眸看向台下前来送行的众人，要来了那把自己万金不换的琴。

嵇康静心凝神片刻，而后长袖翻飞，激烈的音符划破长空。十指交错间，纷披灿烂，戈矛纵横。

嵇康周遭宛如凝结着一层气浪，伴随着浩然不屈的琴音与正气，那气浪荡开如血残阳，震彻九霄。

这一刻，他与琴终于融为了一体。

“吾死不足惜，《广陵散》于今绝矣。”

这不仅是嵇康的绝唱。

这是他用生命为所有人上的最后一课。

竹林天团人气直拍

你PICK哪款？

文/白斩鸡

《古代八卦周刊》的这一期栏目将全方位盘点男团“竹林七贤”的成员们。

“竹林七贤”是魏晋时代文娱公司旗下，由嵇康、阮籍、山涛、向秀、刘伶、王戎和阮咸七人组成的人气天团，他们唱作全能，红极一时。其粉丝遍布全国，魏晋人都为他们痴迷不已。

如果你对“竹林七贤”还不了解，那么小编将从队内各个成员担当为你详细盘点。

嵇康

简介：『竹林七贤』天团的C位队长，字叔夜，授中散大夫，外号『嵇中散』，擅长古琴，代表作《广陵散》，喜好养生，曾发表论文《养生论》。

门面担当：美貌=20%的天分+80%的努力养成的气质

要论美貌排名，嵇康在队内一定可以拥有姓名。与其他几位成员不同，幼年丧父的嵇康出身不算很好。但他凭借个高腿长的身材优势，成功吸引了不少粉丝的关注。要知道在这个充斥着喜爱化妆的“奶油小生”的时代下，不爱打扮的纯天然美男嵇康，能夺得一席之地，其实力不可小觑[①]。

有了赏心悦目的脸蛋，还需要好身材加持，才能长久地稳坐美男宝座。作为天团成员，嵇康有一个不那么高雅却行之有效的锻炼方法——打铁。

这个爱好可以说是非常接地气了。他甚至拉着向秀一起打铁，钱不够用的时候就以此谋生，贴补家用。[②]长此以往，打铁时挥舞的双臂带动肌肉发力，淋漓的汗水释放的不是腾腾的热气，而是充盈的荷尔蒙。这样练成的好身材让嵇康的气质产生了质变，他站立时就犹如松间肃然作响的风，高远悠长。[③]好朋友山涛提起嵇康也赞不绝口，评价他为人似独自挺立的孤松，要是他喝醉了，则仿佛一座大山即将倾倒。[④]

或许会有人疑惑，打铁的工匠大多都是虎背熊腰的糙汉形象，真有人能打出遗世独立的孤松味儿？那这就不得不牵扯到另一个原因了：读书改变人生。

嵇康从小天资聪颖，涉猎广泛，而他最喜欢的是《老子》

①《晋书》：身长七尺八寸，美词气，有风仪，而土木形骸，不自藻饰。
②《晋书》：初，康居贫，尝与向秀共锻于大树之下，以自赡给。
③刘义庆《世说新语》：肃肃如松下风，高而徐引。
④刘义庆《世说新语》。

和《庄子》。咦？这么一听，是不是油然而生一股仙风道骨的味道？

事实上也差不多。那时候的社会流传崇尚道家的风气，许多上流名士聚在一起清谈。他们探讨思辨、畅所欲言，时而吟诗，时而品酒，对国家与政事避而不谈，却偏爱世界的本原、存在与虚无等深奥的哲学问题。

闲来无事时，嵇康便在家里逗鸟弹琴，钻研养生之道，非常散漫。他甚至还写了篇文章叫《养生论》，认真阐述如何正确养生。正是这些想法形成了嵇康那宛如松风一般的气质。有一次嵇康在山中采药游玩时，甚至还因飘然于世的姿态被路过的砍柴人当成天上的神仙，可见其人气质非凡。[①]

阮籍

简介：『竹林七贤』天团的副队长，字嗣宗，曾任步兵校尉，外号『阮步兵』，擅长文学创作，代表作有《咏怀八十二首》等。

酒量担当：不是抱着酒坛子，就是在去抱酒坛子的路上

自古以来，爱喝酒的人不少，不过，像阮籍这样狂热的爱酒人士倒是十分少见。

阮籍是在母亲的照料下长大的，小时候性格便放浪形骸：他沉迷学习的时候在家一宅就是几个月，两耳不闻窗外事，除了弹琴喝酒，就是写写文章；等到放假出门郊游，他人一蹿就没影了，山林草地、江河湖海，不玩个痛快不回家。

阮籍长得好看，又聪明好学，很快名声便传了出去。太尉蒋济听说阮籍很有才华，便有意招入麾下。没想到阮籍压根不想干，便写了一封信推脱。蒋济本来也没抱希望，但是某天听说阮籍来了，欣喜地以为他答应了，还派小厮前去迎接，但是阮籍就真的只是送信过来而已，并无做官的打算。

① 《晋书》：康尝采药游山泽，会其得意，忽焉忘反。时有樵苏者遇之，咸谓为神。

哪知阮籍的才华光芒实在太盛，总是吸引上头领导的注意。一次司马昭亲自来访，还说要和他联姻，阮籍心里千万个不愿意，却不能直接回话拒绝领导，只好美酒一抱谁也不爱，自顾自地喝了个酩酊大醉，足足醉了两个月，才将领导劝退。①

这件事让阮籍学到了妙招，之后屡试不爽。他不想虚与委蛇，便在家醉酒装没听见。直到有人上门来催稿了，实在推脱不了，才不得不抱着酒坛，打着酒嗝临时提笔。

生活中阮籍也因喝酒闹出过不少事。当时他有个邻居是卖酒的美丽妇人。都说男女授受不亲，可他去喝酒，醉了也不避嫌，就直接睡在人家旁边；母亲去世不久，阮籍还在守丧期间，他却在宴席上喝酒吃肉。

诸如此类荒唐事导致很多人认为他不守礼法。但阮籍丝毫不在意，他行事肆意，我行我素，只求自己内心坦荡无愧。

山涛

简介：字巨源，外号『山公』。性格沉稳温和，是队内最年长的大哥。

好人担当：当个好人，究竟是不是好事？

作为队内的大哥哥，山涛可是出了名的老好人。

就拿绝交事件来说，嵇康提笔骂人的时候倒是解气，拒绝向司马氏势力低头的身影也很帅气，可真到了即将赴死的时候，他环视一圈，最后竟然略过了哥哥嵇喜和好友阮籍，还是选择了山涛，并将孩子托付给了他。

好在山涛肚量大，压根没记仇。对于嵇康的孩子，山涛一养就是多年，不仅把孩子好好带大，还认真栽培让其成才。②

①《晋书》：文帝初欲为武帝求婚于籍，籍醉六十日，不得言而止。钟会数以时事问之，欲因其可否而致之罪，皆以酣醉获免。
②《晋书》：康后坐事，临诛，谓子绍曰："巨源在，汝不孤矣。"

山涛的性格稳重，待人谨慎温和、不露锋芒。当时很多人都不喜欢钟会，比如嵇康第一次见钟会都不拿正眼看他，而阮籍对待钟会也是敷衍至极。只有山涛像平常人一样对待钟会，和他做了多年同事，甚至在危险的政局时势里也能保全自身，最终平安无事。①

当时有个叫袁毅的人，靠贿赂其他官员换取官职，顺便也给山涛送了一百斤丝，山涛不想当特例得罪人便收下了。但他心里也抗拒受贿，就将这些东西放在了家里的阁楼上。直到后来袁毅的事情败露，当时相关的人都遭到盘问审查，这时山涛才将这一百斤丝拿出来，上面满满都是灰尘，证明他从来没有使用过，为自己证明了清白。

多年来山涛一直过着清苦朴素的生活，不舍得为自己花钱，但他心系家境比较困难的亲朋好友，他的俸禄大多都用来接济他们。后来还是领导心疼他热心至此，不仅赏赐了许多东西给他，还赠送了一把藜杖给他的母亲使用。

向秀

简介：字子期，是《庄子》的资深研究员，代表作《思旧赋》。

乖巧担当：活着才是最重要的事

要论天才，向秀在竹林七贤里或许排不上号，但不可否认的是他从小就聪慧而有远见。

向秀和其他人一样崇尚老庄之学，但不同的是，他是个妥妥的行动派，因为喜欢，便吭哧吭哧地写了数十篇关于《庄子》的论文，甚至还萌生了为《庄子》作注释的想法。

虽然当时很多人都对《庄子》颇有研究，光是注释就有几十种版本，但向秀在注释时，除了阐述传统的解析之外，还带来了别具一格的思考，让更多人对玄学产生了兴趣，以

①《晋书》：晚与尚书和逌交，又与钟会、裴秀并申款昵。以二人居势争权，涛平心处中，各得其所，而俱无恨焉。

至于玄学的人气甚至一度超过了儒学。

向秀虽有才学，但家世并不煊赫，没有足够的底气与司马氏抗衡。因此在目睹嵇康因反抗而被陷害致死后，面对司马氏集团的招安，为了活下来的向秀选择了妥协，只不过他最终还是没能迈过心里的坎，只能选择消极抵抗的方式，成了司马集团一名挂名官员。

刘伶

简介：字伯伦，是嗜酒狂人，代表作有《酒德颂》和《北芒客舍》。

怪人担当：别人笑我太疯癫，我笑他人看不穿

在“竹林七贤”中，刘伶的个性算得上异类。他因为经常做出大胆放荡的行为而被粉丝称为“怪人”，也常被人怀疑究竟是怎么混进竹林天团的。

在长相上，刘伶凭一己之力拉低了整个队伍的颜值平均值。他身高六尺，往那一站就跟鸡立鹤群似的，再加上容貌衣着也不佳，看着就与其他天团成员格格不入。

可偏偏刘伶是个心大的，整天乐呵呵地跟嵇康他们到处玩，对这些外在的东西一点也不在乎。

不过这些都还不算什么，更令人大跌眼镜的是刘伶经常做出的迷惑性操作。比如他乘坐鹿车的时候，就让人拿着挖土的工具跟在后面，自己在前面一边喝酒一边放声大喊：“要是我死了，就把我直接就地埋了吧！”惊得围观群众目瞪口呆，这人难道不知道祸从口出，也不避讳一下？！[①]

再比如，有时他在家里喝高了，脑袋一热就把衣服脱了个精光，客人上门看到都嘲笑他发酒疯。刘伶冷笑一声反唇

①《晋书》：常乘鹿车，携一壶酒，使人荷锸而随之，谓曰：“死便埋我。”

相讥：“那是因为我把天和地当作房子，把屋室当作衣服，倒是你们跑到我的裤子里来干什么？”[①]

还有一次他喝醉后在大街上跟别人吵起来了，眼看就要升级成打架斗殴事件，刘伶脑筋一转先发制人，对那人说：“你看我瘦成这副弱鸡样，打我你自己的拳头都痛！”对方一瞬间发笑破功，刘伶成功地靠伶牙俐齿避免了挨揍。[②]

抠门担当：反差不只是萌点，也令人费解

王戎

简介：字濬冲，出生于大家族琅琊王氏，是『富N代』贵公子，代表作为《华陵帖》。

王戎这个人，自小就很有富贵公子的眼界与胆识。王戎六七岁的时候有一次跟着大人们看表演，猛兽在笼子里发出震耳欲聋的吼声，吓得观众们纷纷逃走，他却站着不动，一副神色自若的模样。

还有一次王戎和几个小朋友一起在路边玩耍，看见路边的李子树，大家都被吸引了，纷纷去摘，唯独他神色淡淡。有人问为何。王戎说：“这李子树种在路边，人们来往都能看见，要是好吃早就没了，还能剩下这么多？所以一定很苦。”后来有人摘了一颗尝试，果然如此。

王戎本是位丰神俊朗的富家俏公子，可谁能猜到他会是个一毛不拔的铁公鸡呢。他家不仅有豪宅、肥沃的田地、种植的器械，还有众多服侍的下人，可王戎仍不知足，经常大晚上和妻子凑在一起谋划怎么赚钱。[③]

① 《世说新语·任诞》：刘伶恒纵酒放达，或脱衣裸形在屋中，人见讥之。伶曰：“我以天地为栋宇，屋室为裈衣，诸君何为入我裈中？”
② 《晋书》：尝醉与俗人相忤，其人攘袂奋拳而往。伶徐曰：“鸡肋不足以安尊拳。”其人笑而止。
③ 《世说新语》：司徒王戎，既贵且富，区宅、僮牧、膏田、水碓之属，洛下无比。契疏鞅掌，每与夫人烛下散筹算计。

王戎觉得自己家的李子比别人家的都好，生怕卖了之后被拿去种植抢走专利，于是让人把李子核弄掉再卖，这样就不怕被人拿到种子“剽窃”了。①

侄子结婚的时候，王戎就送了件衣服当作礼金，过后还厚着脸皮找人家要了回来。就连女儿结婚的时候也是如此，因为资金不够，女儿、女婿便向王戎借了点钱。王戎每次看见女儿回来都摆出一副不高兴的样子，直到小两口把钱还上，王戎的脸色才好了点。②

ruan xian
阮咸

简介：字仲容，与阮籍并称『大小阮』。精通音律，擅长弹奏琵琶等乐器。

乐手担当：青出于叔叔而胜于叔叔

阮咸是阮籍的侄子，作为队内的音乐专业人士，阮咸的能力不容置疑。

作为小跟屁虫，阮咸经常跟着叔叔阮籍出门闲逛游玩、喝酒谈天，却总遭人嘲笑不务正业。③

而这也导致了朝廷对阮咸不太在意。山涛看不过去便向领导举荐，说阮咸有才华、性格好，一定是个当官的好苗子。哪知领导摇头拒绝：“阮咸这人太浮于表面，不踏实，我觉得不行。”

啪，阮咸通往仕途的门就这样被关上，但天无绝人之路，阮咸在音乐上的天赋让他也名留青史。

阮咸制作出了新乐器——形似正圆形琵琶的阮，将它绑上弦后弹奏，发出的声音清亮雅致，非常好听。

①《世说新语》：王戎有好李，卖之，恐人得其种，恒钻其核。
②《世说新语》：王戎女适裴頠，贷钱数万。女归，戎色不说；女遽还钱，乃释然。
③《晋书》：咸任达不拘，与叔父籍为竹林之游，当世礼法者讥其所为。

第二章 美如冠玉

任务三

玉山之托

文/白斩鸡

YU SHAN ZHI TUO

MEI RU GUAN YU

请愿人：裴楷 **朝代**：西晋

执行人：02号 **备注**：无

任务背景：西晋时期，晋惠帝司马衷皇后贾南风的干政引发了极其严重的皇族内乱——“八王之乱”，裴楷因被司马玮记恨，牵涉其中。

请愿人身份：裴楷，字叔则，出身世家，最初被钟会推荐给司马昭，此后于朝中辗转浮沉。

进入世界中……

LOADING

乌云蔽日，阴雨连绵。

荒凉、杂乱、哀鸿遍野，火烧后的烟灰弥漫在久违的雨后雾气中，将天地熏染得更加灰暗。

两个时辰前，裴楷驾着马车赶到王浑家。由于太过劳累，刚商讨好如何安置汝南王司马亮的儿子，他便立刻昏睡过去。

若不是有人接住，恐怕下一秒他就要栽倒在地。

与此同时，一个显然不属于这个世界的人从半空中落下，“咚”的一声，一头栽进了鹅圈中。

01

见了鬼了。

这是你明白此时处境后说的第一句话。

闻所未闻，这系统居然会出 Bug。你刚接下任务，在传送时程序突然崩溃，你还没反应过来，脚下一个踩空就到了目的地。

可是资料没接收完毕，你不知道任务目标的长相，还被“附赠”了一个隐身失效的减益属性。

要问你是怎么知道的？因为你被鹅圈里的独鹅啄了一口……

罢了不提了，任务要紧。好在有鹅圈就证明有人在附近居住。你找到一间空房子，翻出一套旧衣服穿上，好歹让自己不至于显得另类。

“愿望清单上好像说，裴楷……逃避……楚王司马玮的追杀。”

你边走边回忆，不多时来到一座城门口，见不远处有个男人，决定上前询问。

“你要找裴楷？”男人的脸上露出意外的表情，“找他有什么事？”

你不打算对陌生人说出任务的事，只好另找借口：“我听说他长得特别好看，有‘玉人’的称号，所以想去拜访他。”

像是没料到乱世中还有如此闲得慌的人，男人噎了下。

你添油加醋，一脸狂热：“我超喜欢他，他是我的偶像！”

男人的脸上微红，他咳了一声，装作不经意地打量着你。

你很快捕捉到这丝不同寻常，追问：“你认识他？”

“啊……不认识，只是听说过。”男人摇头，往西边一指，“他往那边去了。”

你点头道谢，看着男人走远的背影，想了想，决定：

A 往西边去找

◆ 跳转 02 ◆

B 偷偷跟踪男人

◆ 跳转 03 ◆

02

既然有好人指路，你便决定往那边寻去。

只是你看着眼前越来越荒僻的景象，渐渐感觉到了不对劲。

这都要走到城门口了，怎么还没见到裴楷的踪影，难不成他真的出城了？西晋这么大，你怎样才能找到他？

这不合理。

此时夕阳西下，暮色四合，你只好先找个地方休息，明日再继续行事。

但接下来的许多天，你都没能找到裴楷。直到系统 Bug 修复，通知你即将返回时，你才恍然大悟，一路遇到那么多流民，就算他们中有人听说过裴楷，也不会知道他的长相。

可那个男人为何认识裴楷，甚至还知道他的动向？

他一定知道些什么，却故意引你离开。

你想回去找他，可已经来不及了。

达成结局

擦肩而过

03

不对劲。

且不说这男人英俊得很不寻常的颜值，他对裴楷的在意以及对其去向的了解，也很可疑。

这个人一定知道裴楷在哪儿。

你决定偷偷跟上去，或许能找到线索。

只是在小巷里绕了几圈后，你被彻底弄晕了，你无奈地往路边一瘫，哀号道："别耍我了，快出来。"

男人不知从哪条巷弄里拐了出来，坦然地坐在你身边。

"你不是司马玮的人？"

你忍住暴脾气，心里只想化身司马光，"哐哐哐"地敲他的头。

"既然如此，"男人思量一番后说，"你帮我做一件事，我就考虑带你见裴楷。"

你点头答应，男人让你等着，片刻后他不知从哪儿拿来一个木盒，打开一看，里面有不少玉石珍宝。

"前面有家当铺，拿这些去换点钱来。"

卖了？！

你吃惊："不心疼吗？！"

男人随口道："都是从别人那儿得来的，不碍事，去吧。"

你正要离开，男人又叫住你，跟你约了个地方晚些见面。你问他的名字，他顿了顿说："叫我小裴就行。"

当铺不远，一进门你就打开盒盖向老板展示里面的宝贝。看到宝贝，他的眼睛都直了，他一边清点，一边不住地喃喃自语："这块是罕有的白玉，举国上下这样的白玉不超过五件！这花纹雕工细腻，栩栩如生，想必出自大师之手，这……"

掌柜的话还没说完，你就一把将盒子盖上："看够了吧。怎么样，收不收？"

"收！待我去后头取些钱来。不过……"老板的眼珠子滴溜一转，他靠近你悄声说道，"这么多宝贝，来路正不正？可别都是偷来的。"

你二话不说收起盒子："那我走了。"

"哎，别走！"

老板眼巴巴地看了看宝贝，乖乖地去后屋取钱。

身上揣的钱太多，你有些不安，赶到约定的地方就要将钱交给小裴。但你突然想到了什么，手下意识地往里一拐，又缩了回来。

你表情严肃："老实交代，这不会是你从裴楷那里偷的吧？"

小裴一愣，莞尔："当然不是。是我从有钱人那儿搜刮来的。"

你又问："那你打算用来干吗？"

小裴不加思考："来的时候我看到沿途有许多失去亲人的老人和小孩，你方便的话，陪我一起把钱两给他们送过去吧。"

你对小裴有些另眼相看："劫富济贫？我喜欢。"

"喜欢？"小裴失笑，"听多了'与你无关''多管闲事'之类的话，'喜欢'这种说法倒是挺稀奇的。"

故事里劫富济贫的大多是行侠仗义的侠客，像小裴这种一看就是贵公子出身的，对穷人能有如此怜悯心，确实并不多见。

你拍拍小裴的肩，安慰他："这说明你更难得了啊，我更喜欢了。"

你们将钱分发完毕后，小裴问："可以告诉我，你找裴楷有什么事……"

然而他话没说完，忽然脸色一变，拉着你闪躲到大树后。远处一队训练有素的士兵走来，似乎正在搜寻什么人。

"是司马玮的人。"小裴说。

这下你明白了。"八王之乱"中，司马玮在清除司马亮和卫瓘之后，将矛头指向了与他素有嫌隙的裴楷。听说裴楷躲在王浑的家里，便派了士兵前来围剿。

于是，你对小裴正色道："我是来救他的。"

小裴微愣："可他应该……不认识你。"

"我知道。"你想了想，说，"你就告诉他，我是来实现他愿望的就好。"

小裴还想说什么，但你们听见不远处士兵的声音，好像已经查到了王浑的府邸，正欲上前包围。

来不及了。

你催促小裴赶紧回去报信，而你决定：

A 跟他回去看看 跳转 04

B 想办法将人引开 跳转 05

04

你和小裴一同回到王浑的府上。

府外司马玮的士兵渐渐聚集。王浑好不容易才赶回来，听你说明来意后，面上没什么表情，随后他吩咐家丁带你去客房休息。可没想到，一进去你就再也无法出门。

门从外面被锁上了。

小裴满是歉意的声音隔着木门传了进来：“对不起，此事事关重大，还是不牵扯进更多人为好。你放心，司马玮的目标是我，这里有人保护你，你不会有事的。”

等等，我？

你敏锐地抓住关键词，所以小裴就是裴楷？可是……

“你怎么办？！”你焦急地说道，“我是为你而来的，让我陪你！”

“愿望而已，不是什么重要的事。既然如此那就换一个吧。”裴楷语气温柔，“你的好意我心领了，裴某此生铭记，感激不尽。”

说完之后，他的脚步声远去，门外再没了声音。

直到系统恢复，才迟迟响起任务更换的提示：

裴楷已将心愿更改为【愿君平安】，恭喜您完成任务，即将前往下一个世界。

达成结局

有始无终

05

将士兵引开，让小裴趁机尽快离开，这是你迅速思量后做出的决定。

小裴临走前叮嘱你："注意安全。"

你自信地一笑："放心！我有安排！"

等小裴走远，你才像个气球似的迅速泄气。哪儿有安排，哪儿来的自信，你连保命的技能都没了。

只剩孤苦伶仃一人，小伙伴都没有……

等等，也不是没有。你的脑海中浮现出一道身影，那是你来到这个世界的第一眼所见，它拥有极强的战斗力，发起狂来所向无敌。

你来到"出生地"，站在那只啄了你一口的大鹅面前。

战斗鹅，靠你了！

不多时，天已经黑了。你抱着大鹅鬼鬼祟祟地溜到王浑府外，那里聚集了一部分士兵，他们还在不停地传报消息，看样子士兵有越来越多的趋势。

不能再等了，要是被包围就麻烦了。

你双手一抛，大鹅扑腾着翅膀飞进人群中，或咬或撵，惊起一阵吱哇乱叫。你躲在暗处，默默地给大鹅加油鼓劲。大鹅不负众望，成功地分散了士兵们的注意力，为小裴脱身赢得了时机。

忽然，一只手从背后捂住你的嘴，你下意识地想呼救，却听见小裴的声音："是我，别怕。跟我来。”

你平静下来，微微点头。

趁着士兵集中火力对付大鹅，你们从守卫薄弱处翻墙进府。你意识到不对劲：“你们还没走？”

“等王大人回来再做打算。”小裴轻车熟路地领着你在王浑府里穿梭，“最多再过一炷香的时间就行动。我不会轻易让司马玮捉住的。”

你捕捉到一个词：“我？所以你就是裴楷？”

裴楷的嘴角牵起若有似无的笑：“应该不是很意外吧。”

“嗯。”你点头，“确实早有怀疑了。”

裴楷忽然停住脚步收敛神色，颇为严肃地问你：“接下来的行动很危险，你确定要跟着我吗？或许留下来更安全，毕竟他们的目标是我。”

“确定。”

“哪怕会有性命之忧？”

面对裴楷的问题，其实你内心：

A 有些犹豫 跳转 06

B 并不害怕 跳转 07

06

说不害怕是不可能的。

你片刻的迟疑暴露了自己的想法，裴楷对此了然，他立刻安排人将你保护在王浑的府里。

临到分开时，你转身叫住裴楷，嗫嚅半天，也只能说出一句：“一定要保重。”

裴楷笑道："放心吧。"

在那之后发生了什么，你毫不知晓。

那一夜过得并不安稳，司马玮似乎几次想要闯进来，王浑虽然命人奋力抵抗，但大家私底下仍是人心惶惶。

直到天色将明，一切才趋于平静。

系统终于提示任务成功，你知道裴楷已经安全，但莫名的，心里总有些空落落的。

达成结局

一步之差

07

没有任何迟疑，你脱口而出："我要和你一起。"

裴楷的神色动容，一瞬间嗓子微哑："好。"

来到大厅，大家终于等到王浑。据说他是称病回来的，碰上门外司马玮的士兵正发生骚乱，才得以趁着无人注意带领部分家兵进来。

裴楷有些惊讶地望向你，你不好意思地挠头，把大鹅的英勇事迹说了一遍。

王浑面露赞赏，继而说道："这是个机会，可以好好利用。"

很快，一辆马车停在府外。

一人乔装成裴楷跃上马车悄悄离开。片刻后，有人发现有马车正朝着城门奔去，引得一队士兵追了上去。

调虎离山。

虽然算不上妙计，但能缓解燃眉之急。

你和裴楷趴在围墙上看见这一幕，互相点头确认后，准备进行下一步计划。

这注定是个不眠夜。

王浑带领千余家兵镇场对外，而你则协助裴楷带着司马亮的儿子四处躲藏。听说司马玮在门外气得跳脚，一副想强攻又不敢攻的样子，你和裴楷忍不住偷笑出声。

直到拂晓将至，汹涌袭来的困意让你不知何时睡了过去。迷蒙中你被摇醒，隐约听见裴楷的声音：“司马玮终于走了，我们安全了。”

你咕哝了一声“太好了”。

大家都活着，裴楷也没事。有了他们的助力，“八王之乱”终有一天会结束，人们终会重新拥有平静的生活。

身体逐渐变轻，系统提示音在你脑内响起：“恭喜您完成任务，即将前往下一个世界。”

达成结局

共侯天明

逢人莫讶玉山前
裴楷清通方自愧

何晏

转蓬去其根 流飘从风移

文/顾闪闪

何晏很小的时候就明白，长得好看是会有很多好处的。

自从他的祖父、前朝大将军何进被杀后，南阳何氏早已不似当年那般风光。如果不是因为他的娘亲尹氏貌美，被曹操纳入府中，他这样一介稚子，真不知会在乱世的哪个角落流浪飘零，哪会像如今这般出入宫室，华冠丽服，荣宠甚至胜过曹氏诸世子①。

想到这里，他总是会很得意。

初时，人们尚还避讳直言声色，他们夸风仪，谈容止，用各种阳春白雪般的辞

①《三国志·卷九·魏书九·诸夏侯曹传第九》：太祖为司空时，纳晏母并收养晏，其时秦宜禄儿阿苏亦随母在公家，并见宠如公子。苏即朗也。苏性谨慎，而晏无所顾惮，服饰拟於太子，故文帝特憎之，每不呼其姓字，尝谓之为“假子”。

藻粉饰自己对美的迷恋。但直觉敏锐的何晏不动声色地拿捏着这一点，恰到好处地展露出自己作为一个养子的娇憨，像只猫儿，像条卷毛的小狗，无所谓像什么，反正这是他赖以为生的资本。

魏晋从不缺少美人，潘安颜若桃李，卫玠风神秀逸……相较起来，何晏似乎没那么耀目，他只是天生便得了一副惹人怜爱的相貌。

他肤色极白，却并非冰玉那般全无血色的白，他的白皙是活泼的、透出健康红润的，让人看了心里便觉得舒服。这样一个少年，偏偏还爱笑，他笑的时候，就连同伴中最古板谦谨的阿苏也会忍不住勾勾嘴角。

阿苏大名秦朗，他的亲生父亲是吕布的部将秦宜禄，和何晏一样，他现在也是曹操的继子。他们的母亲像城池一样被曹操收入囊中，世人之中有羡慕他们的，也有鄙夷他们的。对此，阿苏常常羞愧懊恼得吃不下饭，他怕见曹操，日日如履薄冰，与曹氏公子相处起来，更是步步谨慎，唯恐落下错处，连累了母亲[1]。

但何晏却完全不同，他轻狂肆意，向来无所顾忌。他游宴、嗜酒，以风流闻名，尤其是被曹操指为女婿后，何晏的行径越发奢靡浪荡，甚至沾染了五石散。曹丕厌恶他，公然称呼他为“假子”，何晏也全然不在乎。

秦朗从小与他一同长大，看着这一切，偶尔还是会忍不住相劝，何晏听后，却摆摆手，笑道：“你我这样的人，不游戏人间，难道还巴望着出将入相吗？”

他向来巧言善辩，秦朗说不过他，只是低着头，心中有一点低落。他一直觉得，何晏的才智远胜过自己，又懂得人情事故，万不该这样自甘堕落。

秦朗还记得，在他们很小的时候，曹操曾设宴款待宾客，招他和何晏侍坐，席间宾客几次夸奖何晏可爱，又称赞他们这些孩子衣着华美，继而颂扬曹公仁德。曹

① 《三国志·魏书·明帝纪》：朗父名宜禄，为吕布使诣袁术，术妻以汉宗室女。其前妻杜氏留下邳。布之被围，关羽屡请於太祖，求以杜氏为妻，太祖疑其有色，及城陷，太祖见之，乃自纳之。

操有些醉了，脚步蹒跚，拍着他们大笑道：“世间还有人能像孤一般疼爱假子吗①？”

何晏脑子转得快，随即跪下叩谢丞相恩德，秦朗却直挺挺伫立在那里，只觉得眼眶发烫。何晏见势不妙，赶忙拉着他坐下。待乐声重新响起，曹操已不再将目光落在他们身上，何晏才趴在他耳朵边，用很小的声音安慰道：“阿苏，别哭了。”

秦朗用衣袖抹了抹脸，这才发现自己竟掉泪了。

何晏挤到他身边说起话来，语气是他学不会的轻声细语：“难道你哭完，你的爹爹就会来接你回家吗？你得明白，我们和丕、植是不一样的，丞相今日怜惜我们，只是因为我们还不讨厌罢了。”

他在桌案下握了握秦朗的手，眉开眼笑道：“我们都还小，我们只是想好好活下去，这没什么丢人的。”

待宴席散去，秦朗追上何晏的脚步，坦率问道：“难道你就不想回家去吗？”

何晏回头，冲他眨眨眼：“这就是我们的家。”

秦朗却很执拗，梗着脖子道：“你知道我说的不是这个。”

何晏没有回答他，半晌，才像大人那样轻轻地叹了口气，道：“阿苏，你等着看。”

不多时日，府中传出消息，曹操盛爱继子何晏，欲正式收其为子。秦朗听说这个消息后，慌张不已，他比谁都明白，何晏虽表面装得乖巧，可哪个孩子愿意更改父姓，背弃祖宗，认别人为父呢？

但当他赶到何晏的住所时，却正撞见了曹操同何晏说话的场景，他惊得面如土色，缩在角落不敢上前。他料想曹操公事繁忙，此次定是专为收何晏为子的事才来的，就像何晏先前对自己说的，他们只是小孩子，哪里有拒绝的权利？但如果不拒绝，难道何晏真的这辈子都不想回何家了吗？

不远处的何晏却不似他这般慌乱，他规规矩矩地站在一个树枝画成的方框里，仰视着曹操的脸，既不上前相迎，也不退后。曹操脸上难得露出慈爱的表情，伸手

①《三国志·魏书·明帝纪》：朗随母氏畜于公宫，太祖甚爱之，每坐席，谓宾客曰：“世有人爱假子如孤者乎？”

唤他乳名，叫他过去，何晏却仍是不动，笑吟吟地站在原地。

与曹操同来的臣子见场面尴尬，连忙上前解围道：“何晏，你为什么站在这个方框里不出来呀？”

秦朗时常感觉，这个小自己几岁的弟弟身上有着与年龄不符的早慧，这也是曹操喜爱他的理由之一。但此刻的何晏却像一个真正的七岁孩童那样，满脸无邪，露出一个大大的笑容道：“我哪能离开呢？这里是我的家呀①！”

周围不少大人都被他的童稚所感染，笑出声来，但曹操却没有笑，也没有再说一个字，转身离开了。此后，曹操没再提过收何晏为子的事，不久后，又吩咐将何晏送回何家小住。

建安二十五年，曹操于洛阳病逝。

云游归来吊唁的秦朗，终于再一次见到了何晏，他身披缟素，却依旧风姿卓绝，与儿时相比，更多了几分男子的秀美。他的身上沾染了香灰的气息，颊边犹有泪痕，站在秦朗的面前轻声道：“阿苏，我的好日子结束了。”

他想得不错，之后整整二十年，历经曹丕、曹叡二帝，何晏都没有受到重用②，反倒是资质平庸的秦朗平步青云③。所有人都觉得，何晏该满腔怨愤，但他的日子却过得愈发潇洒，他一边醉卧锦绣中，继续做他的富贵驸马，一边与夏侯玄、王弼等人一起研究玄学，整日清谈，他将这归结为，总得找点事情做。

何晏博学而通才，儒道兼通，老庄典故便如同梦中蝴蝶般，在他指间起落翻覆，引得天下之人无不驻足。他倡导“无”，宣传天下间万事万物皆是虚无，他认为圣人应不被外物所累，该做到忘情无情。学说、容貌、地位，何晏集三者于一身，没有人比他更适合做玄学流派的领袖，他虽身在朝堂外，但追随者趋之若鹜，不断有名士前来拜访，奉他为神祇，但也有反对者骂他巧言令色，斥他是“利口覆邦国”之人。

①《世说新语·夙惠第十二》：何晏七岁，明慧若神，魏武奇爱之，以晏在宫内，因欲以为子。晏乃画地令方，自处其中。人问其故，答曰：“何氏之庐也。”魏武知之，即遣还外。
②《资治通鉴·卷第七十四·魏纪六·烈祖明皇帝下》：明帝恶其浮华，皆抑而不用。
③《三国志·魏书·明帝纪》：及明帝即位，授以内官，为骁骑将军、给事中。

秦朗却觉得，或许何晏所言，皆出自真心——“万般皆为虚无”，可能他真的是这样想的。

景初三年，魏明帝曹叡终于还是没能熬过那个大雪纷飞的寒冬。

临终前，他本欲将身后事交付给一同长大的秦朗，但遭到中书监刘放和中书令孙资的强势阻挠，明帝死后，秦朗更是被排挤出朝廷，但也是在这一年，何晏登上了权力的高峰①。

当时，新帝曹芳年幼，朝政由大将军曹爽和太尉司马懿共同把持。为了打压对手，曹爽急切地寻求朝野上下的拥护，就在这时，他想到了声名远播的何晏。

何晏欣然允诺，一步步走到了他自幼熟悉、又无比陌生的庙堂之上，摇身一变，成了当朝吏部尚书兼侍中，受封列侯。

随之而来的，是骂声一片，人们痛斥何晏背弃自己的学说，名为林下名士，实为朝中爪牙，依附曹爽，勾结党羽，玩弄权术，为自己谋求私利②。

他在洛阳强占百亩桑田，又开山辟林，广建别墅，奢侈无极。秦朗受邀上门赴宴，直问他为何如此汲汲于富贵，他们从小到大，何曾短少过吃穿用度？何苦为了这些虚浮之物，将声名人格全典卖给曹爽，就不怕哪天惹上杀身灭族之祸？

“阿苏你错了。”何晏饮得醉醺醺的，身边所堆书信，皆是迎合拍马之人所送，乞求他眷顾庇护，“正应如此，我才更要及时行乐。”

他屏退左右，坐到秦朗身边，眉梢低垂：“我们自小就在靠着别人的可怜过活，看似风光，背后的辛苦，只有你我兄弟清楚。终于有这么一天，我也可以垂怜别人了。”

说到这里，他突然大笑起来，五石散让他白皙的面容现出绯红，他衣衫不整，行为荒诞，让秦朗不禁皱眉。

①《三国志》裴松之注引《魏略》：至正始初，曲合于曹爽，亦以才能，故爽用为散骑侍郎，迁侍中尚书。晏前以尚主，得赐爵为列侯。
②《资治通鉴》：爽徙吏部尚书卢毓为仆射，而以何晏代之，以邓飏、丁谧为尚书，毕轨为司隶校尉。晏等依势用事，附会者升进，违忤者罢退，内外望风，莫敢忤旨。

何晏却视若无睹，攀住他的手臂道：“你说倘若曹操在天有灵，看到自己的曾孙被我玩弄于股掌之间，随意左右，会是什么样的心情？”

秦朗正色道：“何晏，多行不义必自毙！”

何晏收敛笑容，坐直了身子，面色突然变得阴沉，道：“阿苏，你知道吗？我前些天做了个梦，梦里有数十只青蝇在我鼻上飞集，驱散不去。我去问了术士管辂，这是否是位列三公之兆，他却啰唆地讲了一堆老生常谈的典故，劝我恭顺克己，谨慎守礼，还在背后咒骂我是将死之人。你说可不可笑？①”

秦朗叹了口气，心里知道，这人其实什么都懂，于是对他再无话可讲。

管辂预言得不错，何晏甚至没能活到下个年头。

正始十年，高平陵之变爆发，司马懿发动政变，生擒曹爽，迫使其让权。之后，曹爽的党羽皆以谋逆大罪，被捕入狱，何晏也未能幸免，被下旨夷灭三族②。

何晏被处斩的那天，西北大风，尘埃蔽天，久久不散③。

秦朗一身布衣，坐在家中，儿女绕膝，尽日闲暇。看着窗外，他忽然又想到了那日何晏醉话的后半截，他说：“我不是没想过自己的下场。曹氏和司马氏，你争我斗，哪一边都厌恶我，都盼着我死。”

秦朗连忙制止他，这话如果传出去，可不是儿戏，何晏却执意要说，他向来如此。

“阿苏，我早同你说过。我们这样的人，成不了将相，只能做猫狗。”说到此处，他摇了摇头，叹息道，“但是我有满身才华，我不愿做畜生，我何晏也想要留名青史。”

“至少我为自己选择过了。”

① 《资治通鉴》：辂曰：“与死人语，何所畏邪！”
② 《资治通鉴》：爽与尚书何晏、邓飏、丁谧、司隶校尉毕轨、荆州刺史李胜等阴谋反逆……皆下狱，劾以大逆不道，与张当俱夷三族。
③ 《三国志》：岁朝，西北大风，尘埃蔽天，十馀日，闻晏、飏皆诛，然后舅氏乃服。

回忆到这里终结，日子还要过下去。秦朗以酒酹地，饮完自己这杯时，他鬼使神差地想到了孩提初见之时，那人对他说的第一句话。

他说："我不是曹操的儿子，我叫何晏。"

官方首发物料

养颜秘方

文/瑶华

主持人： 大家好，欢迎来到魏晋洛阳卫视“美容堂”栏目，本节目由张仲景牌五石散冠名播出。张仲景牌五石散，选用纯天然紫石英、白石英、赤石脂、石钟乳、石硫黄精心炮制，服后有美容养颜的功效，更能让您身轻体健，胜似神仙！

今天我们的节目请来了一位重量级嘉宾，他将为大家分享什么样的独家秘诀呢？下面有请中原地区五石散的唯一代言人——魏武帝的养子、驸马都尉、《道德论》的作者何晏闪亮登场！

（何晏在尖叫声中悠然上场，他用袖子擦着额头上的汗，边走边照镜子）

主持人： 不愧是姿容绝美的何郎，感觉演播室都被您的仪容照得闪闪发光。咦，您怎么满头大汗，需不需要补妆？

何　晏: 主持人好，各位观众好。我在参加咱们节目前，刚刚赴了明帝设的宫宴[①]。正值酷暑，但陛下准备的饭食更热，是一大碗刚煮好的汤饼，我还没吃完，就已经出了一身汗了。

主持人: 太奇怪了，这种天气吃冷食更合适吧?

何　晏: 其实是陛下想试试我是不是真的擦了粉。见我拿来擦汗的衣袖上没有沾染任何粉渍，脸部肤色也没有变得暗沉、泛出油光，这才真的相信了。

主持人: 哈哈，您一向有“傅粉何郎”的美誉，看来真是所言不虚啊！我想在座的观众们一定非常好奇您的护肤秘诀，可以跟大家分享一下吗?

何　晏: 过奖了。出于护肤的考虑我平时也会在脸上涂抹脂粉，这样既可以让皮肤润泽，又能增加白皙度。现在市面上常用的粉是大米研制的，增白效果不够好。我向大家推荐这款铅粉，也叫铅华，是炼丹时制出的神仙产品，涂上之后，你也会变得像我一样白。

主持人: 记下了，那在涂粉之前是否需要先上打底呢?

何　晏: 当然需要了，这款面脂也是我的心头好，先将脸部的汗毛、胡须剃去，再涂上脂粉，效果会更好。还有“口脂”，我建议大家都随身备一盒，既能防止冬天嘴唇干裂，也能让嘴唇保持红润的色泽。

（工作人员端上五石散）

何　晏: 不过，刚才说的这些傅粉施朱的行为，起到的都是外在作用，要想真正达到皮肤洁白、体态轻盈的效果，就需要使用我代言的五石散了。

---

①《世说新语·容止第十四》。

在脸上擦化妆品只能做到外在改善，但五石散却能从内而外让肌肤充满青春的活力！这配方是我从汉代医典里找到的，经过改良后，效果倍增。

主持人：说到这五石散，观众朋友们都非常好奇，它要怎么服用？吃下去之后的感受如何呢？

何　晏：五石散原本是治疗伤寒的特效药物，配方中的这五种珍贵之石都有补精益气的功效，紫石英、白石英、赤石脂、石钟乳更是石中上品。古人有言：“服金者寿如金，服玉者寿如玉也[①]。”紫石英可以除掉胃中的寒气，让皮肤润泽光鲜；白石英不仅对皮肤有好处，还特别有助于生发，熬夜脱发的朋友不妨尝试一下。赤石脂、石钟乳也有美容养颜的功效。

需要注意的是，因为它们都是大热之物，服用时必须吃寒食、饮温酒、穿薄衣、卧于寒处、休息于寒地，否则恐有性命之危！服用之后还需要解开衣服，快速行走，将药力发散出来，那感觉真是飘飘欲仙，身外的一切俗物都与我无关了。

总之，按我说的注意事项正确服用五石散后，会有“神明开朗”之感，感觉精神格外焕发，一口气写十篇文章都不费劲。你们看，我这《论语集解》正是靠五石散的效力写出来的。（注：以上仅为魏晋时人们对五石散的看法，实际上五石散有较强的毒性，服用后很容易出现生命危险，唐代以后就没人吃了，我们绝对不能效仿）

主持人：插播一下广告，现在根据我们节目提供的链接购买五石散，只需十两金，买一赠一，请认准何晏代言的正宗五石散！

何　晏：食用五石散好处颇多，但是，我还得提醒大家，如果服用后出现头痛、腰痛、手足痛等症状，一定要及时就医，否则后患无穷！

主持人：感谢您的提醒。大家也务必注意，服药也有风险，安全才是最重要的。

观　众：五石散当然好，可是我们老百姓买不起，有没有别的养生食物推荐一下？

---

①《抱朴子》东晋·葛洪：《玉经》曰：服金者寿如金，服玉者寿如玉也。

何　晏：关于这个问题，建议读一读《离骚》，“朝饮木兰之坠露兮，夕餐秋菊之落英”。长期服用菊花，可以轻身益气，长生登仙。菊花的各个部位都能入药，正月采根，三月采叶，五月采茎，九月采花，十一月采实，都要阴干后服用，不要记错了！

还有灵芝、黄精，对健康也是大有助益，特别是灵芝有益精气、健筋骨的奇效。我异父异母的兄弟曹植在诗里写过：“灵芝采之可服食，年若王父无终极。”

主持人：非常感谢何晏先生的倾情分享！在这里也希望大家能够多多支持五石散，服用五石散，您就达到了时尚界最高的层级，和名人高士拥有同样的爱好！

哎，那位观众，您如果已经出现了“发散”的情况，请尽快到室外走动，不要在演播厅内脱衣服，导播快切掉镜头……

文/顾闪闪

魏晋爱豆排行榜 TOP5

近日，新一届《魏晋爱豆排行榜》新鲜出炉，再一次引爆了全民话题。这次的榜单上除了裴楷、谢混这样的资深实力偶像，还有不少像谢晦这样的大热新星。就让我们一起来看看，本次榜单的前五名究竟是谁？

*上届榜单登顶的“竹林七贤”已进入殿堂级，故不参与本次票选。

谢晦

【得票23599，位列第五】

“爱豆”简介：字宣明，南朝宋初年宰相，南朝宋开国功臣。宋武帝刘裕驾崩后，他废掉无能的宋少帝，迎宋文帝刘义隆登基。

上榜理由：作为陈郡谢氏的杰出后生，谢晦在刘宋这一新赛季中，延续了家族的荣耀，巩固了谢家权倾朝野的辉煌战绩。在东晋攻打后秦的十策谋略中，他一人独献九策，体现了其在定国安邦方面的机敏韬略；面对众多名门集团投来的橄榄枝，谢晦却选择加入不被看好的刘宋经纪公司，如此长远的政治眼光，也令人不得不叹服。

粉丝热评

刘裕
刘宋经纪公司CEO

幸好朕的眼光毒辣，率先将宣明签到旗下，像他这样的天之骄子，往那一站，就不知被多少人惦记着呢！朕可半点没夸张，想当年朕还是个寒门穷小子，第一次见宣明，当时他与他叔叔谢混站在一处，叔侄皆是风华绝代，一眼望去竟像是一对玉人。

“美风姿，善言笑，眉目分明，鬓发如点漆”，以后《宋史》给宣明立传时，要是没把这些形容词放在第一句，那朕可不会认的。

胡藩
谢晦的同事

没办法，我们老板看到他那颜值就忘了其他，现在由本人来补夸几句。身为武将，谢晦的文化水平是我羡慕不来的，他家学渊博，从小便熟读诗文经典，博闻强识，同时又具有理科生的逻辑思维，工作效率贼高。

除此之外，他这人还顾大局，讲义气。想当年我们随老板讨伐司马休之，正赶上老板的女婿被贼人杀害，老板怒不可遏，披甲就要冲出去和敌军拼命。多亏谢晦迎面拖住老板，硬将他拦住。老板怒火冲天，持剑威胁要砍了他，谢晦却道：“天下可无谢晦，不可无公。谢晦即便今天死在这里，又何足道哉？”

记得我当时凯旋，一进营帐就看到大家都在流泪鼓掌，我还想今天怎么这么有排面，一抬头便撞见了这场感天动地的君臣情。

好吧，是我不配。

王华
黑粉头子

陛下！先帝！千万不要被他的外表欺骗了，谢宣明是妥妥的两面派。先帝临终时，因为信任谢晦，才将辅佐少帝的托孤大业交给谢晦，怎料这厮不思忠君之命，反而以储君不贤之名，废帝弑君，这不是谋逆是什么？谢晦出镇江陵期间，他的公关私下里想要收买我，让我收钱闭嘴，但我王华岂是趋炎附势之辈，陛下 @刘裕 千万别心慈手软，此人应尽早铲除！

谢妃
彭城王妃/高贵女儿粉

黑粉闭嘴吧！血口喷人也不先理理自己的逻辑，我阿父身为顾命大臣，已然权势遮天，扶植一个无能的傀儡皇帝难道不好吗？他明知会与帝王结下大仇，却依旧坚持另立贤君，为的难道不是刘宋的千秋基业？他离开权力中枢，远走荆州，也是想像叔祖谢安那样功成身退。

可你们这些人，非但不理解他的苦心，反而在陛下面前恶意中伤他。阿父，你死得实在冤屈，大丈夫当横死战场，奈何殒命市曹[①]？

桓伊

【得票34200，位列第四】

“爱豆”简介：字叔夏，小字子野。东晋时期将领、名士，淝水之战功臣之一，著名音乐家。

上榜理由：他是简朴纯真的代名词，在那个所有人都不惮以最坏的恶意揣度彼此的时代，只有桓伊澄净而宽容。桓伊善音乐，为江左第一，如果没有纷乱的战火，他本该于云绵庵中，观梅吹笛，如闲云野鹤。但当他披起战甲，他便是可与苻坚对阵的三军将帅。在这个风云变幻的王朝，总有人不屑于权势和武力，但没人能不屈服于桓伊的温柔。

① 《南史·谢晦传》。

王徽之

桓伊真·路人粉

我说了你们还不信！我和桓伊真的是在路上认识的，当时我乘舟归京，他自岸上经过，我这个人大家也知道，生来不靠谱，而且看见有趣之人就走不动路，所以当即命人拦车，站在船上对他说道：“你就是桓子野吧？听说你笛子吹得好，来，吹一个我听听。”

桓伊身份显贵，本来我已经做好了被无视，或者被保镖赶跑的准备，想不到桓伊听后，竟真的从车上下来，为我吹奏了一支笛曲。这支曲子好听到什么程度？这么说吧，等我从乐曲中回过神时，桓伊早已登车离去了。听说桓伊后来还给这首曲子取了个名，叫什么《梅花三弄》，大家有空可以去听听。

谢安

桓伊的铁粉

子野确实对音乐一往情深，每闻清歌，辄问奈何（注：谢安享有“一往情深”词条的专利权，这个词最早便是他用来形容桓伊的）。他不仅擅长吹笛，而且善于抚筝，达到了能以乐声传情的地步。

淝水之战后，我不免功高遭嫉，加之奸人诋毁，君臣之间遂生嫌隙。桓氏与谢氏甚至称得上敌对，但他却肯在宫宴之上为我弹筝，对陛下高唱“为君既不易，为臣良独难”[①]，筝声清扬，歌声婉转。当年淝水之战胜利之时，我尚能不动声色，但听到他的筝声，我却不禁泪落沾襟。世间知己少，敢于犯颜相救者更是难求，桓伊之心七窍玲珑，却依旧不改纯真，这便是他强于旁人千倍万倍之处。

伊山寺僧人

桓伊的佛系粉

于国于天下，桓施主都是极好的人啊。他潜心佛学，任江州刺史期间，接受慧远

① 出自曹植《怨歌行》。

大师的提议，建立了著名的东林寺，慧远大师以此为中心，方开创了流传不绝的净土宗。听师父说，桓施主十岁时便跟随父亲来到云绵庵中，于红梅白雪间习文练武，吹笛礼佛，心境与智慧都不同于凡人。他临终前，还心念北伐，让亲信将自己在淮南之战中收集的铠甲进献给朝廷，以表杀敌之心。他去世时，天下人都很难过，我们云绵庵为了纪念他，也从此改名为伊山寺。

杜牧
唐朝的新粉一枚

大抵南朝皆旷达，可怜东晋最风流。明月更想桓伊在，一笛闻吹《出塞》愁。对不起，实在是太喜欢桓伊了，所以异朝翻墙来投个票。

祖逖

【得票39405，位列第三】

“爱豆”简介：字士稚，东晋时期杰出的军事家，北伐名将。

上榜理由：永嘉南渡期间，他统率乡党，接济老幼。为了筹集药品和粮食，他散尽家财；为了将车马让给更需要的人，他宁可徒步而行。祖逖这种热心公益、不做作的人格深深感染了整个东晋社会，他也因此被同行众人推选为“行主”。

在傅粉成风的魏晋爱豆圈，祖逖坚持素颜出镜，他每天听到鸡鸣就起床晨练，身材保持得极好，打戏从不用替身。早年，他曾与刘琨组成双人团体“闻鸡起舞”，后Solo出道，几度进军长江以北，给长期垄断中原影视圈的后赵集团造成巨大冲击。

粉丝热评

刘琨
祖逖的前团搭档

我和祖逖不合？祖逖撇下我单独出道？最近这谣言是越来越邪门了，作为当事人，我觉得有必要出来澄清一下。

我与祖逖相识于工作中，当时我们住在一个宿舍，因为志同道合，加上都喜欢在鸡叫时分起床晨练，所以我们的关系十分密切。

想当初，我们怀着满腔热血无数次约定，若四海鼎沸，豪杰并起，我们二人一定要在中原开创一番大事业。怎奈天不遂人愿，洛阳陷落后，他为保护亲族，率众南下；而我选择了留在北方，固守旧土，我们的组合也不得不解散。

后来，我在北方听说了祖逖受到朝廷重用的消息，心中又喜又惊，不禁感叹：“吾枕戈待旦，志枭逆虏，常恐祖生先吾著鞭！”其实我的本意是想与好友在事业上公平竞争，共同进步，想不到这话却被断章取义，成了我嫉妒祖逖的“黑料”。我在这里再强调一遍，我们既是对手，也是知己，希望大家能理智看待我们的这段关系！

王敦
祖逖的对家

还有人不知道祖逖纵容门客去南塘打劫富户的黑料吗？上次他还亲口说，自己也想去南塘干一票大的，我都保存截图了。这事我堂兄王导也知道，他还在祖逖家发现不少赃物呢，求锤得锤，没得洗！

是，我和祖逖是有点私人恩怨，这个我承认。最近我萌生了点小冲动，打算到建康转一圈，借皇帝的龙椅坐一坐。本来也没多大点事，但祖逖非不给我这个面子，他横眉立眼地让我滚出建康城，还说如果我滚得迟了，他就带着三千兵马溯江而上，把我一脚踹回老家。最可恶的是，他居然当着那么多人的面，直接叫我的小名“阿黑”。大家都是政坛上有头有脸的大人物，怎么能随便叫人小名呢？

李头
祖逖的生命粉

好家伙，现在全天下都知道您的小名叫阿黑了……

您还真别拿打劫南塘来说事儿，在我们眼里，劫富济贫正是祖逖的魅力点之一。扬州饥荒饿死了多少人，这群南塘的富户们还在攀比自家的奢侈品，哪个有脾性的汉子看了，不想给他们两巴掌？我都想给祖逖鼓鼓掌。

大家看过祖逖“中流击楫”的直拍吗？可太帅了！当时他挥师北伐，横渡长江，面对着滚滚而逝的长江水，遥望着生灵涂炭的破碎山河，他于中流怒涛间击楫盟誓：“祖逖不能清中原而复济者，有如大江！”他的话语铿锵有力，让人热血激荡，不知鼓舞了多少将士们的心。

我要是能有这样一个老板，虽死无憾！不过这话可不能让我的上司陈川听到，他的心眼可小了，别一气之下把我的号给封了。

裴楷

【得票46930，位列第二】

“爱豆”简介：字叔则，西晋时期名士、重臣，官至中书令，容仪俊爽出众，时人谓之“玉人”。

上榜理由：作为西晋时期的前辈艺人，裴楷的魅力不下于竹林七贤，但低调的作风又为他增添了几分神秘之感。关于裴令公的风姿，晋人念念不忘，留下了许多美谈，有人说他风神高迈，音色清朗；也有人说他肌清骨秀，光映照人，只要看上他一眼，你便会感觉自己走在玉山上，整个世界都跟着亮了。

但裴楷最令人折服的，是他身处乱世，知世故而不世故的风骨。他学识过人，身居高位，曾参与制定《晋律》，屡次劝说晋武帝应亲贤士，远奸佞。他洁身自好，屡次请辞，不愿卷入政治斗争，却至死都没能逃出权力的金丝牢笼。

粉丝热评

司马炎

西晋经纪公司的初代CEO

裴楷长得漂亮，反应快，说话又好听，我们大家都很喜欢他。

记得朕刚刚登基时，曾用蓍草占卜，策算帝位能传到多少代。本来也就是走个程序的事，栽就栽在朕天生手气臭，数字千千万，偏偏就开出了一个“一”。那一刻，满朝鸦雀无声，太子当场就哭了，朕尴尬得脚趾在龙袍下抓地，恨不能换个朝代生活。

就在这时，我们机智的裴楷出现了，他微微一笑，从容上前，用他能迷死人的声线说道：“恭喜陛下！臣早就听闻‘一’乃是天下最好的数字。天得一以清，地得一以宁，王侯得一以为天下贞。陛下探策得一，岂不是大吉之兆？”

听听！什么叫高情商发言？那些低情商大臣听后，也回过味儿来，赶忙就坡下驴，高呼“万岁”，朕这排面，不就找回来了？裴楷有这种说服人的口才，但凡他是个佞臣，哪个皇帝都得被他哄得团团转，可他偏偏是个孤高君子，这种反差萌也令朕很是心动呀。

顾恺之

手绘圈知名大佬/裴楷的产出粉

我前两天给裴楷画了张同人图，底下一堆粉丝说我的图不符合他本身的特点，“我们家楷楷是牛奶肌肤，才不留胡须”，还说我和给昭君画像的毛延寿一样，是在黑裴楷。我顾恺之今日在此解释一下。

普通的画像画得再精美，也只能画出人的皮囊，缺少神韵，就拿我给裴楷画的这幅画来说吧。未加上胡须时，只能一比一地复刻出裴楷的美貌，但在颊边加上这三根胡须以后，整个人的气质就完全不一样了。裴楷这个人最突出的性格特点是什么？博学多识对吧？这三根胡须，正代表了裴楷的博学多识。就好比画龙点睛，寥寥几笔，便将人物的精气神表现出来了。你们看看，是不是这个道理？

王衍

西晋脱口秀之王

早就听说，河东裴氏出了个裴楷，与我王衍齐名。我纵横社交圈，可他清高避世，因而一直无缘深交，这始终是我平生的一大憾事。我曾想过，哪一天能够与他相见，一定要以最高规格的礼仪款待他。没想到此事一拖再拖，直到有天我听说了他病重的消息。

我奉朝廷之命前去裴宅，那次前去既是探望也是监视。那一天我们聊了许多，他虽身体已虚弱至极，但气度依旧超凡脱俗，谈吐亦非凡夫俗子所能及，令人一见难忘，满心叹服。告辞之时，裴楷忽回眸对我轻声说道："竟未相识。"这又何尝不是我的心声？

人生不过百年，何其短暂？若死后能有知觉，吾愿与裴楷同归。

谢混

【得票67302，位列第一】

"爱豆"简介：字叔源，东晋名士，谢安之孙，晋陵公主的驸马，江左风华第一，传说中的大帅哥。

上榜理由: 还真没什么特殊的理由，就是长得好看。作为谢氏出身的贵公子，谢混自小就颜值高、气质好，号称比肩刘惔，脚踩王献之。谢晦如玉人一般，长得够漂亮了，但和他的叔叔谢混比起来，依旧差了一截。

专为欣赏他风姿而来的客人们踏破了他家的门槛，直接影响了谢混的正常生活。谢混本就喜静，索性只和自己家的子侄们玩，拉上同住在乌衣巷的谢灵运、谢晦、谢弘微，这一票的"芝兰玉树"整日飘行如云，宴饮清谈，世称"乌衣之游"，俗称"颜值盛宴"。

袁崧
谢混的中老年粉

天啊，这不就是我命中注定的女婿吗？

王珣
东晋婚介所的所长

老袁你别做梦了，谢混再俊，那也是被皇室内定的美少年，孝武帝早就打算把公主许配给他。在我们保媒拉纤界，这种就叫“禁脔”。

什么意思？南渡以来，猪肉肉价涨得飞快，价比黄金的事想必大家都听说了，其中猪脖颈上的那一小块肉，最是鲜美多汁。朝臣们难得地杀次猪，也要将这块肉割下来进献给皇帝，不敢私藏。

这块珍贵无比的肉，就被称为“禁脔”，而谢混在婚恋市场上，就是这样一种只可远观不能妄想的存在。

刘裕
回踩致死但不想脱粉

朕这辈子最后悔的事，就是杀谢混杀得有点早了。朕登基那一日，合该由他登上长阶，为我奉上玺绶。想象一下，绶带在风中飘飘，谢混的衣带也飘飘，这是怎样的人间盛景啊。虽然谢混就是被朕赐死的，但朕依旧为后生见识不到他的绝代风华而深感遗憾！

袁粲
路人转粉

唉，俺就是那个没能见识到谢混美貌的可怜后生！我刚开始追星的时候，入过王彧的坑，喜欢得不得了，到处去给他拉票打榜。谁料我的朋友却笑我，说：“那你是没见过谢混，王彧和谢混站在一起，看起来就如同山野村夫，不值一提了。”当时我还不服气，鄙视朋友踩一捧一，现在只恨谢混仙逝，再无缘一见了！

美男访谈

走进潘安背后的故事

文 / 明戈

主持人：“欢迎大家来到我们《美男美男你别跑系列栏目之——走近潘安背后的故事》访谈录制现场。众所周知，潘安是现今世上脸部建模最成功的男子，据粉丝们形容，那简直是可以在哥哥的鼻梁上滑滑梯，睫毛上荡秋千，帅得令人震撼。那么在路人眼中，他究竟有多好看呢？接下来我们请出潘安的邻居，隔壁王婶。大家掌声欢迎。”

隔壁王婶蹒跚走上台，还未等主持人发问，就开始眉飞色舞地侃侃而谈。

“哎哟，我可是看着潘潘长大的，这小子是从小帅到大。”王婶眼睛里冒着小星星，“他少年时候啊，在洛阳太学读书。课余时间闲不住，总跑到洛阳大街上去。你想想那个画面，身高一米八五的美少年，眉眼如画，明眸皓齿，宽袍长袖地走在街上。一抬头，阳光从叶子的缝隙洒下来，风再适时那么一吹，衣袖摆动，墨发飘逸，那可真是玉树临风的真人版教学啊！

而且人家潘潘跑大街上不是看美女，也不是仗着好看招摇过市，而是去打鸟玩。你瞧瞧，多么清新脱俗不油腻。帅而不自知，又有少年气，谁不爱呢？”

主持人：“这段故事我倒是听说过。‘潘岳妙有姿容，好神情。少时挟弹出洛阳道，妇人遇者，莫不连手共萦之。’[①]据说你们把他都围起来了？”

王婶面上一红，连连摆手：“嘶，别瞎说，那次我可没参与啊，不过事情倒是真的。当时差不多全洛阳街的女性都出动了，怕他跑了，手拉着手围起来看他，声势大到交通都瘫痪啦。这么无脑的事儿我可干不出，我喜欢得很理智。”

主持人：“那您参与的是哪次？”

婶自然接话道：“喏，是‘掷果盈车’那次。这不因为他走到哪儿都交通堵塞嘛，后来他就不步行出门了，改成很低调地坐车。不过坐车哪儿逃得过我们粉丝的火眼金睛，一下子就认出来了。这车开得快，我们年纪大了也追不上，就只能往他车里扔果子。当时因为扔的人太多，把他的车扔满了，我都怕挤着潘潘。”

主持人笑道：“原来‘安仁至美，每行，老妪以果掷之满车[②]’是这么回事。看来潘安的确是帅到老少通吃啊。”

王婶听后一愣，气急道：“你套我话！走了！不录了！”

主持人连忙留道：“别，来都来了，多好的安利机会啊。”

王婶一听有道理，又坐了下来：“行，那我就再讲讲。我家潘潘的故事可太多了，

---

①《世说新语·容止第十四篇·十则》。
②《语林》。

听过‘连璧接茵’吗？他有个帅哥朋友叫夏侯湛，两人有时会一起去洛阳街头溜达。因为两个人颜值都太高了，宛如一道风景线，所以大家管他们叫‘连璧’。”

“这就是所谓的帅哥的朋友都是帅哥吗？”主持人问。

王婶连连摇头：“那可不是，我们潘潘才不看脸。他还有个朋友叫左思，就是写《三都赋》，弄得‘洛阳纸贵’的那个大才子，长得就一言难尽。那脸，啧啧啧，有一次他也学潘潘上闹市去溜达，寻思也能被扔个果子啥的，结果果子没落着，招来的全是板砖和唾沫星子，笑死个人了，这不是赤裸裸的东施效颦吗。”

主持人看了看台本，转向镜头，微笑着总结发言。

“‘左太冲绝丑，亦复效岳游遨，于是群妪齐共乱唾之，委顿而返。’谢谢王婶为我们带来这么精彩的潘安轶事。那么帅得人神共愤的潘安在生活中是个怎样的人呢？接下来出场的这位朋友，在刚才的故事里出现过。让我们掌声欢迎潘安的好朋友，西晋大才子——东施！啊不是，左思！”

左思黑着脸走上了台。

主持人赔笑道：“口误！口误！相信您这么大度的人是不会计较的。”

左思清了清嗓子：“那倒是。作为阿潘的好朋友，我当然不会介意这些。不过说来倒是蛮遗憾的，他的面容太过出众了，以至于世人们都在意他的外表，却忽略了他的才华。以阿潘的文学素养，绝对称得上‘潘才如江’，也配得上‘金谷园二十四友’之首。”

“阿潘出生在儒学世家，父亲是琅琊内史潘芘，祖父是安平太守潘瑾，所谓‘岳少以才颖见称，乡邑号为奇童，谓终贾之俦也’，他打小就因为才华横溢又聪颖好学而被人们所知，十里八乡都叫他神童，说他是和汉代名士终军、贾谊一类的人。后来他从洛阳太学毕业后就入了仕途，被征召到司空太尉府。太始年间，晋武帝躬耕藉田。阿潘感动于此，便写了一篇《藉田赋》颂扬此事，此赋一出，可以说是声震朝野，无人不知。晋武帝看后十分开心，大大夸赞了阿潘一番，当时来说，他的名声可谓天下第一。”

主持人点点头：“这《藉田赋》的确是有名。除此篇外，潘安还写过什么佳作呢？”

左思不假思索道：“那可太多了。《西征赋》《闲居赋》和《秋兴赋》，每篇都是绝世之赋，不过我最喜欢的是《悼亡诗三首》。顾名思义，这三首诗是为他故去的妻子杨氏所作。说起来，他与妻子算是自幼订婚。‘余十二而获见于父友东武戴侯杨君……始见知名，遂申之以婚姻。’阿潘十二岁时，见到父亲的朋友扬州刺史杨肇。杨肇一看阿潘如此有才，便为他与自己十岁的女儿定下了亲事。二人婚后举案齐眉，阿潘眼里只有妻子杨氏一个人，恩爱得不得了。妻子去世后，他悲痛至极，为她服丧一年，更是再没娶妻，还写下了三首悼亡诗。”

说罢，左思缓缓吟诵起来。

“望庐思其人，入室想所历。帏屏无髣髴，翰墨有馀迹。

流芳未及歇，遗挂犹在壁。怅恍如或存，回惶忡惊惕。”

“看到屋子，便想起妻子，可除了墙上的遗迹，这罗帐间哪还有爱妻的身影。恍惚间，感觉她还活着，可一想到已经阴阳两隔，心中便满是惊惧。”左思边解释，边不住地感慨叹息，“这三首诗的辞藻一改阿潘以往的华丽风格，写的都是生活中很细碎的小事，可情感却细腻真挚丝丝入扣，让人忍不住潸然泪下，阿潘是真的有才华。”

主持人听后眼圈也微微发红：“没想到潘安不仅文章‘灿若披锦，无处不善’，还是个用情至深的绝世好男人。”

主持人话音刚落，一位气质儒雅的男子从后台走了出来。

“潘令可不只是个至情之人，还是个至孝之子。”

主持人一脸错愕：“你怎么提前上台了？”

男子向主持人微微颔首，“抱歉，我还有事务在身，赶时间，不得不提前出场。”

主持人连忙翻出台本：“这，让我们掌声欢迎长史公孙宏，不知长史为何尊称潘安为潘令呢？”

公孙宏坐到沙发上，笑道：“叫习惯了。我年幼丧父，寄居在河阳种田，家境清寒。那时潘县令初到河阳，他知道我善弹琴，文章写得不错，于是特别厚待我，我也一直都十分感激他。潘县令虽然官职不高，但两袖清风，勤勤恳恳，他根据河阳的地理条件，因地制宜，带领我们全县种桃树致富。每每春天，河阳方圆百里桃花烂漫，落英缤纷，特别漂亮。所以也有人称他为花县令。”

主持人玩笑道：“难道这就是传说中的花样美男？”

公孙宏点点头：“可以这么说。后来潘令的老母身体抱恙，潘令就把老母接到身边，每日陪她在桃林中散步，赏花怡情。老母病重思乡，潘令便立刻辞去官职，陪侍故里。期间由于没有俸禄支撑生活，他就亲自种菜耕地，自给自足。为了给母亲挤羊奶喝，还养了几只羊。在他的精心照顾下，潘母的病也逐渐康复了。所以说，潘令是个至情至孝之人。”

主持人不禁感慨：“看来潘安真是个完美之人，有颜有才又有情。想必如此完美的男子，仕途也是顺风顺水吧。”

公孙宏这时却摇摇头，长叹一口气。

“潘令的确才华出众，但仕途却是屡屡碰壁。比如那篇被晋武帝赞赏的《藉田赋》，本该成为潘令事业的跳板，可木秀于林，风必摧之。那些朝中的臣子们嫉妒不已，竟给他小鞋穿，于是潘令被打压了十年。后来他在太傅杨骏门下做太傅主簿，可不久后杨骏被贾南风联合司马宗室夷灭了三族，潘令作为幕僚也在名单上。我骗司马玮说潘令只是暂代职务的官职，潘令才逃过一死。许是潘令想弥补被滞留的十年光阴，于是后来更加急功近利……”

公孙宏说到这里，声音低了下去。

主持人拿起话筒：“好，感谢长史的分享。接下来有请最后一位来宾出场，掌声欢迎丞相——孙秀。”

孙秀仰着头，春风得意地走上了台。

“大家好，我今天到这里来，是为了宣布潘安的死期的。”

孙秀话音刚落，众人一片哗然。

“潘安现在正在牢里关着，三日后即将被斩首示众。”孙秀说罢一撩衣袍，坐到了沙发上，鼻子冷哼一声，“你们以为他是什么好人？不过是一个趋炎附势的糊涂蛋罢了。那家伙自从受挫后再次回到官场，就投奔了贾南风的侄子贾谧，加入了那个臭名昭著的贾氏集团。贾谧平时就好文学，招了一帮才子到门下，搞了个什么‘二十四友’，没事就在‘金谷园’举行宴会，美其名曰‘金谷宴集’，呵，文人的酸臭聚会罢了。而你们的完美男神潘安，更是对贾谧极尽谄媚之能事，就为了高官厚禄。”

“这种贪图名利的小人，你们还支持他？不过没关系，多亏了我们的赵王司马伦，贾氏集团即将被全员诛杀。”孙秀嘴角勾起嘲讽的笑，他懒洋洋道，“当初潘安处处看我不爽，说我为人狡黠，现在看看是谁笑到最后，又是谁将遗臭万年。”

孙秀说完，主持人拿起手卡看向镜头。

“感谢孙丞相为我们带来了一段别样的故事。按照惯例，我们的节目已经接近尾声了，不过今日却有一个小彩蛋。接下来，请前线记者为我们连线狱中的潘安，请看大屏幕。”

屏幕上出现了潘安的身影。

他发须凌乱，脸上沾了些灰，宽大袍子下的身形十分消瘦，似乎在牢中吃了不少的苦。

唯有那双桃花眼，依旧深邃潋滟，清澈动人。

潘安看向孙秀，缓缓开口：“孙令犹忆畴昔周旋不？”

孙秀盯着潘安，几乎从牙缝里挤出：“中心藏之，何日忘之！”而后接着道，“对了，你的老朋友石崇也将被处死，听说你曾给他写诗‘白首同所归’，也算应了你的预言。”

潘安面上划过一丝遗憾，似是对老友的惋惜，随即变回了平静，好像对自己即将到来的死亡并不在意。

直到观众中小声传出三三两两的“可惜了这美男子”，潘安才淡淡开口。

“我从不认为生得一副好皮囊有什么可骄傲的。每每有人说，我英俊如斯，还依旧对杨氏一心一意，真是绝世好男人，我都觉得可笑。我不过是做了一个丈夫应该做的事，这是底线，不是上限。”

“我也不想被这副皮囊困住，所有人提到我，都只道是‘那个长得不错的男人’。我想在这乱世有所为，想出将入相，所以我不得不投靠贾氏。”

“世人想骂我便骂吧，也许我选错了路，也许我太过急于成功。”

潘安低下了头。

三千青丝垂下，其间几缕已是灰白。

“要是能再来一次……”

……

“不知今年乡亲们的桃树种得如何。”潘安突然没头没尾地说了一句。

孙秀合目嗤笑：“将死之人，道什么疯言疯语呢。”

潘安没应声。

半晌后，他抬起头，嘴里似乎要说什么。

“滋。”

忽然一声电流响，大屏幕的画面断了，整个演播厅顿时陷入了漆黑。

就在这片无比安静的黑暗中，潘安的最后一句话传了过来。

依然清晰温柔。

“河阳十里桃花盛，安要好功名？”

第四章 闲云野鹤

任务四

东山再起

文/白斩鸡

DONG SHAN ZAI QI

XIAN YUN YE HE

请愿人：谢安　　**朝代**：东晋

执行人：02号　　**备注**：无

任务背景：东晋中期，权臣桓温废旧帝立新帝，欲受封九锡，进一步把持朝政。同时，周边的外族屡屡侵犯，晋朝面临内忧外患的局面。

请愿人身份：谢安，字安石，出身陈郡谢氏的风流名士，早年隐居山林，不愿出仕为官。

进入世界中……

L O A D I N G

东山，初秋。

素来安静的小道近日行人络绎不绝，正是天清气朗的好时节，日落西沉，微风裹着薄薄的凉意拂去余下的燥热。

直到最后一位访客离开，谢家的大门才终于合拢。

与人唠叨了一日，谢安颇有些口干舌燥，算算时间，正好去厨房下一碗面，解渴又解饿。

谢安正神游思索，没料到刚走到厨房门口就与来人撞了满怀。

“小心，汤可别洒了！”

咦，是女孩的声音。

谢安猛地抬头，看着凭空出现的陌生人，仿佛天降神仙一般瞬间实现了自己方才所想，震惊之余，肚子先不争气地“咕噜”了一声。

眼前的女孩“扑哧”一笑，将碗塞进谢安的手里。

01

谢安的家，与你想象中颇为不同。

虽说是隐居山林，但大门外野草分立两边，显现出一条泥巴小路，其上有车轱辘碾过的痕迹，也有行人深深浅浅的脚印。

陈郡谢氏是当世声名显赫的世家之一，出身于此的谢安就算住在僻静的山中，也挡不住纷至沓来的仰慕者，邀请他出山。

“所谓当红流量也不过如此了吧。”你感叹道。

见他喝完最后一口面汤，你上前关切地问：“还要吗？”

谢安道了谢，摇头放下碗。

在向他说明你的来历与任务后，谢安并没有马上回复。眼见天色将暗，话至嘴边你还是忍不住问：“你就没有想对我说的话，或者什么要求吗？”

“不怕你笑话，我只是……还没有想好。”谢安微叹，随即起身将碗筷收进厨房。

“人生在世，总有许多不如意。”看着他离开的背影，你喃喃道。

谢安的犹豫你也理解，做个与天地山海为伴的隐士定然快活，但人啊，总为尘世所牵绊。

亲人的安危、家族的兴亡、好友的劝导，还有百姓的生死，穿越山林从绵延的小路而来，系在了谢安的心上。

出世还是入仕，这是个让人难以抉择的问题。

因此，你决定：

A 劝他遵从内心的想法 跳转 03

B 解开他犹豫的心结 跳转 02

02

或许应该了解谢安心中所困，才好对症下药。

子夜时分，谢安还未清醒就被你拉到了一个陌生的地方，这里四下昏暗，几根蜡烛燃着微光，空气中泛着潮湿冷气。

“这是哪里？”

“狱中。”

半晌，谢安忽然回过神，面露震惊的神色。你领着他往前走，尽头隔间里坐着一人，正望着从小窗投射下来的月光。

“万石。”

谢安的弟弟叫谢万，字万石。

谢安的喉头哽咽，声音微不可闻，你想上前叫人却被他一把拉住，谢安微微摇头。

“你不想见他吗？”

“知道他暂时平安，我就放心了。”很快，谢安敛了神色，恢复平静的模样，用只有你们能听见的声音说道，“前方战事吃紧，他领兵打仗，最忌鲁莽行事。此次郗昙因为生病回到彭城，他却误以为郗昙是因前燕兵强而退，导致数城失守。想必已经长了教训，日后不会再犯。”

你追问：“可这是大罪，上面的处置还没下来，你就不担心吗？”

“怎么会不担心呢。”

谢安说完这句话便沉默了，你没能等到下一句。他站定了一会儿，从怀中掏出一个小物件，走到谢万身后将它放在木桌上。

你看清那是块玉佩，是谢安的贴身之物。

“这些年虽久居山中，好歹也攒下些人脉，拿着我的东西，往后凡他所需，多少有人能卖个情面。”

你跟着谢安离开，尽管他表现得平静，但你知道他终究是难以放下。

从能力上来说，你可以救出谢万，但你的内心仍有些纠结，最终是否要救，你

选择:

A 是 跳转 06

B 否 跳转 04

03

既然谢安迟迟下不了决心，说明在内心深处他其实更想留在这里。

也是，各人的人生各自负责，不能寄托于他人的救赎。纵使弟弟谢万因疏忽入罪，可行军打仗事关千万条性命，出了差错自当承担责任。

你已有决定，待谢安睡下后提笔写下书信一封，翌日早起贴在大门，表示谢安自今日起拒绝任何访客，请来者自行离开。

哪知谢安知晓你的做法后，二话不说将信扯下团起，大步走回房间。

“你干吗啊？！”你忍不住大声地问。

“收拾东西，离开这里。”

“为什么？我知道你不想走，何必逼迫自己？”

谢安深吸一口气，语气尽量保持平静：“我确实不想，但无论如何我也不能眼睁睁地看着弟弟有难而不救。”

“那你自己怎么办？”

“我？”谢安无奈地一笑，直至走远，他才向你挥手，“你我萍水相逢，何必在意我的所思所想？有缘再见了。”

但你知道不会再见了。

达成结局

一拍两散

04

罢了，谢安如此正直的人，想必不会同意你去劫狱。

从牢狱中出来后，谢安彻底清醒了。你们缓慢地走在街上，此刻夜深露重，家家户户的门窗都紧闭着。

忽然，寂静中传来孩童突兀的叫喊声，引起了你们的注意。

你们循声而去，在一条偏僻的巷中发现了一群孩子。他们个个灰头土脸，衣衫破烂，正在拼命地争抢半只烧鸡。

那烧鸡几乎已经没有肉了，还被几双手争抢着，最后就连骨头都被扯碎了。

这群孩子看起来不是一伙的，年纪个头都不一，他们分散地坐在各处，专心地啃着手中的鸡骨架。其中唯独有一个与众不同，那孩子的脸没那么脏，面料不错的衣服也只是染了几处污垢，像是摔跤弄的。他不敢出声，闷闷地啜泣着，似乎在说“烧鸡是姑姑给的”。

“这是在欺负人！”你气愤地说道，“看菜下碟，怎么不去抢那些大个子的有钱人？”

仿佛是在回答你的话，为首的孩子冷笑着说：“别哭，很快你就会和我们一样了。”

对面的干净小孩愣愣地看着他，因为年纪太小，好像隐隐明白了什么，更加伤心地哭起来。

谢安静默片刻：“这就是乱世的生存之道吧。”

是了，这里地处边界，因为战争破碎的家庭、流离失所的人们数不胜数。有人长埋故乡的土地，有人为了生存逃到其他地方苟活，而小小年纪就失去亲人的孩子们只能靠乞讨或抢夺为生。

但你不赞同他们的做法。

胸中闷着一股气难以纾解，你捡了几颗小石子，往脏小孩面前一丢，吓唬他们。

“谁啊？！”

为首的那个胆子大，其他几人则害怕得缩成一团，其中一个瑟瑟发抖地说：“是不是因为我们做了坏事……对，对不起，我是第一次，再也……不敢了。”

不一会儿，几个小孩便跑散了。为首的环视一圈，但他到底是个孩子，心里仍有些发怵。你又扔了颗石头，终于把他也吓跑了。

此刻，小巷里只剩下那个干净的小孩，愣愣地看着你。

“别怕。”你轻轻地说。

忽然，一个兔子形状的馒头从天而降，落在小孩的怀中，你惊讶地回头，发现是谢安给的。

他解释道：“那边有个还开着店的老婆婆，我只买到了馒头，虽然不如烧鸡，但总比没有好。”

“谢谢。”你说道。

“也谢谢你。”谢安看向你，神情认真，“你比我想象中更……”

你等着下一句：“更什么？”

结果谢安又断在这里不说了，你追问半天也没得到答案。

什么毛病。

不过看他露出戏谑的笑，你又觉得这样很好。

陪这孩子待了一会儿，你们也该离开了。原本还有些担心，但一个佝偻的身影从远处慢慢走来，让你们颇为意外。

是那个开店的老婆婆。

小孩正啃着馒头，突然见有人朝着他走来，害怕得呆住了，一动也不敢动。谁知老婆婆走到孩子跟前，从怀中掏出个布包，里面还有几个包子，看起来不像是用来售卖，而是自留的。

她似乎一眼就看出了小孩的困境，用温热的拇指擦去他脸上的脏污，柔声说：“好孩子，婆婆那儿还有吃的，你愿意和婆婆回家，往后相依为命吗？”

小孩虽然不太明白，但听到“家”这个字，下意识地答应。

老婆婆笑着牵起小孩的手，一老一小慢慢地走出小巷。

“世上总有善良的人，真好。”

“是啊。”

你转头看向谢安，他面上的愁绪消散开，似乎想通了一些事，心中已有决定。

你打算：

A 提议回到山中的家 跳转 05

B 问他想不想留下 跳转 07

05

既然如此，谢安或许也可以放心了吧。

时候不早，你提议回去，谢安欣然应允。

然而他一到家便开始收拾行李，你有些诧异：“你要去哪里？”

“出山。”

“什么？”你大惊，拦下谢安，“你都回来了，干吗还要走？你看，流落街边的小孩都有人照顾，这世道没有你想象中的那么不堪，你还在担心什么？”

谢安微愣，脸上露出有些不赞同的表情：“你是这样认为的？”

你疑惑地回应他：“有什么问题吗？”

末了，谢安长叹一声，失望地拨开你的手：“到头来竟然还是道不同，罢了，罢了。”

你一头雾水，眼睁睁地看着谢安离开，却不知道还能说什么。

达成结局

不相为谋

06

“我可以保他平安。”

起初谢安并没有理解这句话的意思，直到他看见你往回走到尽头，“咔嗒”一下打开牢房的门锁，才意识到你所说非假。

然而，谢安制止了你。

争执之间，锁头不小心落在地上，发出不小的声响。谢安将你拉到一边，避开被引来的狱卒。狱卒不明白好好的锁为何被打开了，他骂骂咧咧的，一副见了鬼的表情。

牢里的谢万虽然不知道发生了什么，但看见牢门打开，并没有借机逃走，而是席地而卧，假装什么也没有看见。

你不理解这兄弟俩。

等狱卒重新上锁离开后，谢安才解释：“这事本来就是谢万的错，若是他再走，岂不是成了逃犯？难道从今往后他都要躲躲藏藏，不以真面目示人吗？我们谢家没有这样的人。”

你没想到这些，有些惭愧地说道：“……对不起。”

“罢了，我们走吧。”

谢安说完，表示自己心力不足，你只好带他回去。翌日，他郑重地向你道谢，同时也致歉。

最终他在你的注视下离开了隐居地，走入尘世。

达成结局

分道扬镳

07

“你想留下吗？”

等你回过神时，话已经脱口而出。

谢安很快心领神会，揶揄道：“你竟要狠心将我抛下？或许我该去问老婆婆介不介意多一个相依为命的家人。”

“这主意不错。”

说完你与谢安对视，“扑哧”一声笑出来。

看来有些事无须多说，你们早就心有灵犀。

人生在世，活得恣意潇洒或许的确是许多人的追求，但人终归不能独为自己而活。芸芸众生，黎民百姓，大家都在以自己的方式守护着。

那么，谢安亦责无旁贷。

回到山林里的家中，谢安将行李收拾妥当，临行前与你道别。

天空中露出一抹鱼肚白，一如谢安透彻的心扉即将放晴。

他将一块小而精致的玉佩放在你的手心：“不起眼的小玩意，不甚名贵，你若用不上，便权作留念吧。”

你点头收下，你一定不会忘记他的。

直到谢安走远，你才拿起玉佩，打开偷偷塞在下面的纸条，上面只有两个字：“知我。”

你比我想象中更懂我。

你笑着珍重地收下。

系统提示，谢安已将【不愿为官】更改为【与君辞别，欣然出山】。

功成复潇洒
一起振横流

王献之：书尽风流 唯忆道茂

文/明戈

1

如果把历史比作游戏江湖，那么有些玩家拼到销号也还是只有废铁装备，一事无成，而有些玩家从角色生成初期就有一身神级出装。

在名为东晋的关卡里，就有这样一位神装玩家——王献之。

他的出身好到什么程度呢？

王献之爸爸这边的家族是有“王与马，共天下”之称的魏晋名门榜首——琅琊王氏。妈妈则是晋明帝托孤大臣郗鉴的爱女，其父郗鉴位列三公，权力甚大。

除了家族势力雄厚，王献之还是最受宠的小儿子，爹妈和六个哥哥都爱他。

就其本人来讲，更是小说里的建模男主。天资聪颖机敏，外表朗于众人。

你看看这角色初始化形象，岂是我等凡人能企及的？

带着这样的装备，我们赢在起跑线上的王献之潇洒地开启了他的“躺赢”人生。

2

既然都是人民币玩家了，那指定是有点与众不同的。

所以打王献之出生起，身上就有种名曰“爱谁谁”的气质。

有一次，他跑去看门生们玩牌。虽说王献之年纪不大，但脑子十分聪明，不一会儿就看出来了南边要输了。他头一歪，脆生生来了句：“南风不竞。”

门生们正玩得欢，听闻此话顿时火冒三丈。循声看去，原来是个小屁孩，面上还很得意的样子。

众人皆怒，竟然被一个小孩剧透了，人家还扯了典故，典故用得还挺好，这能忍？

于是门生立刻围住他回嘴道：“管中窥豹！”

王献之听后双手插兜，摇了摇头走开了，只丢下一句：“远惭荀奉倩，近愧刘真长。”

这荀奉倩和刘真长都是不与俗士讲话的人。王献之的意思就是，这样一群毫无度量的人，自己怎么愚蠢到会和他们讲话？

这就很酷了。不仅不怕这些大人，临走之前还来了波嘲讽。

后来随着王献之长大，这种“爱谁谁”的气质逐渐变成了一种无所谓的洒脱态度。

比如有一次他和哥哥王徽之待在屋里，谁想房间突然失火，众人惊呼逃窜，王徽之更是吓得鞋都来不及穿就仓皇跑了出去。

反倒是他，面不改色，慢悠悠地站起来，让仆人搀扶着走出了房门，和平时别无二致。

旁人无不震惊，心想这七公子是不怕死吗，怎么火灾面前都不惊慌的？

王献之拂了拂袖上的灰，微微一笑：“这都不是事。”

还有一次他和徽之、操之一同前去拜访谢安。席间交谈的时候，两位哥哥也许都想给谢公留下见多识广的好印象，从进屋起嘴就没停过。

反观王献之却是一副“话筒都给你们”的态度，随口问候了谢安几句温寒，就不再多语了。

三兄弟离开后，客人问谢安哪个孩子更好。

谢安沉吟片刻后道：“小者佳。吉人之辞寡，躁人之辞多，推此知之。”

意思就是说王献之更好，因为大多数杰出的人话都少。

有的客人听后跑去和王献之说，恭喜你啊，谢公夸你了，你的仕途更坦荡了。

王献之抬起黑白分明的眼，又是微微一笑：“所以呢？”

你瞧瞧！明明一个世家子弟，却有这般不羁的语气，无所谓的态度，再配上他出落得越发帅气的外形，这种小哥哥还不火简直天理难容啊。

“献之字子敬，少有盛名，而高迈不羁，虽闲居终日，容止不殆，风流为一时之冠。”

毫不意外地，王献之登上了“魏晋少女暗恋榜”榜首。

3

不过我们王献之可不是普通人，就算后面跟了一票迷妹，也丝毫影响不了他的心态。

——谈恋爱？现在是谈恋爱的时候吗？我要追逐梦想！

没错，看起来什么都无所谓的王献之，对有一件事是有所谓的，那就是书法。他对书法的爱是融在血液里的。

王献之的爹不是别人，就是大名鼎鼎的书法家王羲之。你看多省事，连学费都不用交。

不仅如此，王献之还是王羲之七子里的重点栽培对象。

当时的名门王氏，除了琅琊王氏，还有太原王氏。太原王氏里有个叫王述的，身份地位与王羲之相当，不仅如此，他的儿子王坦之更是十分优秀。王羲之看得相当来气，自己这么多儿子，竟然没一个比得上人家的。于是回家后他大发雷霆，想对儿子们使用激将法。

“都不努力是吗？那就都别练了！”

其他六个儿子一听乐了，还有这好事？于是都跑了，就剩下王献之站在原地。

王羲之泪流满面，抱住王献之：“呜呜呜，好儿子。”

王献之点点头一攥拳：“爹你放心，我定练枯这十八缸水！”

后来王献之也的确十分争气，夜以继日，从未松懈。在天赋与努力的双重加持下，他的书法越发优秀。

“古之章草，未能宏逸。今穷伪略之理，极草纵之致，不若藁行之间，于往法固殊……”

献之不仅继承了父风，还敢于创新，创造了“破体”，打破楷书与行草的边界，别树一帜，可以说是在追逐梦想的道路上大获成功。

4

而这样一个有才华的少年，就算再淡泊名利，仕途也必定会找上他。

好在王献之幸运值爆表，一路遇贵人，仕途走得也算是顺风顺水。其中最大的一位贵人，便是上文提到的谢安。

谢安有多喜欢王献之呢？有一次，谢安故意问：“你与令尊书法谁好？”

王献之想了想后答：“我们的书法本来就不相同。”

谢安含笑追问：“外面的议论可不是这样。”

王献之昂着头回：“外人哪会懂得当中的差别？”

谢安这样问的本意是想为难一下王献之。若王献之答胜于父，那便是不孝；若答不及父，那就应了外人的传言。

王献之知道谢安的意图，但他没有半点虚伪的自谦之语，反而无比坦率地说出了自己心中所想。

而谢安面对眼前这位反驳了自己的少年，也没有任何不悦，倒是在人前夸赞其书法有王、刘二人的风度。

许是这位风流宰相太过欣赏王献之的才气，或是他在轻狂洒脱的王献之身上看到了年轻时的自己的影子，总之他一路罩着王献之，王献之也得以继续肆无忌惮地直率下去。

你以为我们开了挂的王献之人生已经到达巅峰了吗？

不，他还没走到顶。

5

既然梦想已经追逐了，工作也解决了，总该想想爱情这等大事了。

所谓凤飞翱翔兮，四海求凰。照理来说佳人难寻，总是要苦苦寻觅一番的。

可开了挂的王献之前脚都不用踏出家门，佳人就出现了。

——郗道茂。

她是郗鉴次子郗昙的女儿，也就是王献之的表姐。当时由于郗鉴苦心经营，郗氏已经成为仅次于四大家族的名门，因此郗道茂与王献之也是门当户对。

桃之夭夭，灼灼其华。黛眉如画，垂眼含羞。郗道茂的温柔与学识一下子击中了王献之的心。

于是在一场春风里，这对青梅竹马的少男少女，执彼之手，盟缔百年。

婚后的生活一如王献之预想般美满。

他在书房练字，郗道茂在一旁笑着研墨。有时练至深夜，郗道茂也会送来一盏热茶。

“新妇服地黄汤来，似减。眠食尚未佳。忧悬不去心。”

郗道茂食欲睡眠不佳时，王献之更是会无比担忧。

除此以外，王献之也会把习字的感悟说与她听，或是手把手教学，做郗道茂一个人的老师。

二人情真意切，举案齐眉，简直可以说是当时的神仙眷侣。

不过美好的生活刚持续半年，这对年轻的夫妻便迎来了一道致命的打击。

公元361年，他们的父亲，王羲之与郗昙相继去世。

至亲的接连逝世令二人心痛不已，都沉浸在悲痛的情绪中。但他们并未冷落彼此，反而是携手共济，互相搀扶着走过了这段最艰难的时光。

后来二人每每忆及此事，除了对亲人的思念，更多了一份对对方的感激与珍惜。

就这样，他们携手走过了十二年。

其间他们生了一个可爱的女儿玉润，可惜不久后夭折逝世。两人都十分悲伤，其后也再无所出，所幸这并未影响两人的感情，他们依旧情比金坚。

除此以外，王献之也从州主簿，升至府丞，步步顺遂。

可以说他的一生已经可以预见到美满结局，故事也该告一段落了。

但人生终究不是游戏。

王献之也不过是一介凡人。而凡人都有一个共性，那便是争不过命运。

6

风流蕴藉、才华无双的王献之，被余姚公主司马道福看中了。

正值其夫桓济谋篡兵权被判流放，公主借机与桓济离婚，并向王献之提出结婚之请。

此时新皇年纪尚小，皇室需要门阀权臣的辅弼，而郗家逐渐没落，公主此举自是被皇室默许。

王献之听后果断拒绝，并称已有结发妻，二人鹣鲽情深。

可在权力场的波涛中，王献之不过是一叶浮舟，又能决定什么呢？

皇家一封圣旨令下，命他休了无子嗣的原配郗道茂。

王献之不敢明着抗旨，于是用艾草烧残了自己的脚。想着自己变成了一个跛脚的残疾人，公主总该不喜欢自己了吧。

可他没想到公主铁了心就要嫁给自己，更低估了政治联姻的不可抗性。

若再抗旨，那不仅自己，连同王氏一族都会受到牵连。

王献之被逼无奈，只得含泪休了郗道茂。

由于父亲郗昙已死，郗道茂被迫投奔伯父篱下寄生。而王献之则在一片锣鼓声中，迎娶了身着红裳的公主。

一对鸳鸯，天各一方。

婚后，王献之为了家族，的确成为一个模范驸马。

而郗道茂并未再嫁，在凄凉中郁郁而终。

7

几年后，王献之平步青云，从六品小官升至建威将军、中书令，成了人人道贺的高官。

可他每每脚疾复发，痛得彻夜难眠时，便越发清楚这平步青云有多么讽刺。

“患面疼肿，脚中更急痛……”

但这脚上蚀骨的疼丝毫比不上他心中的痛。

“思恋，无往不至。省告，对之悲塞！未知何日复得奉见。何以喻此心！惟愿尽珍重理。迟此信反，复知动静。”

每至深夜，万籁俱寂时，王献之才敢卸下面具，揽衣推枕走到窗前，悲痛地与自己的心一起思念旧妻。

“虽奉对积年，可以为尽日之欢。常苦不尽触类之畅。方欲与姊极当年之足，以之偕老，岂谓乖别至此！诸怀怅塞实深，当复何由日夕见姊耶？俯仰悲咽，实无已已，惟当绝气耳。”

除此以外，王献之还写过无数表达思念的书信，封封言语悲痛炽烈，肝肠寸断，也封封石沉大海。

就这样，王献之在脚疾与心疾的双重折磨下挨过了一日又一日。

——究竟何时再能再见你，也许要到死的那一天才能解脱吧。

8

十几年后，枯槁憔悴的王献之染疾病危。临终前，他作为五斗米教徒，须向道家悔过生平之罪。

王献之走马灯般回忆着自己的一生，半晌后，开口仅说了一句：“不觉有余事，唯忆与郗家离婚。”

——我这一生无愧于任何人。唯一有愧的，便是道茂。

太元十一年，这位不过四十三岁，曾风流为一时之冠的书法家，在愧疚与解脱中合上了双目。

其实命运对他很大方，给予他家世、威望、高官厚禄。

只不过这些都不是他想要的罢了。

希望真有另一个世界，真有那个游戏江湖。

王献之：“给我装备。”

系统：“明白。此生所要何物？”

“不多。”

“纸笔，发妻。”

谢灵运

吾乃山间风 性本爱自由

文/清夜月

如果让谢灵运再选一次，他可能还是会过那种“我就是放荡不羁爱自由，有本事你就砍了我的头”的生活。

说实话，上下五千年，才名冠绝当世的文学家有很多，但是因为谋反叛乱被砍头的文学家不多，如果再分得细一点，因为得罪了人，被人三番两次举报要谋反，最后被逼得真谋反了的……

可能就我们谢灵运谢大诗人一个。

故事还得从大诗人的小时候讲起。

谢灵运的爷爷是谢玄，是那个“却秦扶晋，擒融遁坚。会稽究海，令文言遐传”

的大名士谢玄。他爸是谢瑍，说实话谢瑍的名字能流传下来，可能全靠自己有个好爹，又有个好儿子。毕竟这是个生而不慧又寿命不长的家伙，就连他的亲爹谢玄都感叹："我乃生瑍，瑍那得生灵运！"

总之，有才名，有财运，谢灵运在锦绣堆里长到了十八岁，那年他继承了他祖父谢玄的爵位，被封了康乐公。官爵官爵，有爵就要当官，朝廷按照旧例，想让他去做员外散骑侍郎。

但他没去。

他只想要自由。

但朝廷不干啊，那时候本来就是用人之际，一个人才恨不得掰成两半用，谢家有谢安和谢玄这两尊大佛沉甸甸的名头摆在那儿，他们的孙子是个白身，这像话吗？

要是他们的孙子是个纨绔子弟也就算了，偏偏那人还是谢灵运，他酒后曾自夸："魏晋以来，天下的文学之才共有一石，其中曹子建独占八斗，我得一斗，其他的人共分一斗。"

不过如此恃才傲物的谢灵运扛了两年后，还是进入了官场。但这小子，官是做了，排场也够大，《宋书》里说他——"性奢豪，车服鲜丽，衣裳器物，多改旧制，世共宗之"。

搁现在那他就是引领时尚风潮的高人气博主，出个穿搭某宝上会立刻冒出一堆谢灵运同款关键词的那种。那时候人们都称他谢康乐，不光是因为他继承了康乐公的爵位，还因为他性格张扬，酷爱享乐。

但好景不长啊。

才子总是心高气傲，更不用说这种在赞誉声中长大的小少爷，一晃几年过去，谢灵运边写诗边游山玩水，千古华彩的锦绣辞章似乎都凝进了他那支笔里。他奉诏出使彭城，慰劳刘骏，写下了那篇众口传颂的《撰征赋》。他踏入彭城的山水间，耳边是温软又绵长的风，似乎天下都要醉在他风华正茂的笑意里，就像他在赋中所写的那样——

“尔乃孟陬发节，雷隐蛰惊。散叶荑柯，芳蘤饰萌。麦萋萋於旄丘，柳依依於高城。”

那是他生命中最为意气风发的年月。

但那句话怎么说的来着，春去冬来，好花不常开，好景不常在。

永初元年，刘宋立国，谢灵运从康乐公降到了康乐侯——其实这已是朝廷看在他那位声名赫赫的祖父的面子上给他的优待。由晋入宋时，东晋所封的爵位被纷纷褫削，能保留爵位的只有王导、谢安、谢玄、温峤与陶侃这五人的子孙，他们每个人都是名字砸在史书上，能腾起千年尘烟的大人物。

但心高气傲的谢灵运并不知足。

他在那样的环境中长大，一生至此几乎未遇到过什么挫折，他不懂为什么时移世易要影响他的富贵，他明明还是那个惊才绝艳的谢康乐。但随着他的降爵，他的官职也有所变动，他只能被迫离开了国都的权力中枢。他自认有经天纬地之才，却被如此弃用，怎能心服？

人不足而生愤，人因愤而罹恨。

他自由自在惯了，纵情任性惯了，说话也一如既往地口无遮拦。且他官职虽减，声名犹在，这让那些当权的大臣们对他又恨又怕，终于，永初三年，他被外放永嘉太守——

那是他开启另外一段人生经历的珍贵机会。

永嘉的名山秀水众多，他生性爱玩好享乐，于是逍遥放纵，行游山水。他那些传唱至今的山水诗也是在此时所写。他写山是山，写水是水，但山水之中又藏着谢灵运这个人独有的性灵。他词工笔丽，言志论玄，那年彭城的花声与风其实从未离他远去，它们伴着他来到永嘉巍峨的山中，来到永嘉幽深的潭畔，那时候的谢灵运是快乐的，这些从他的诗中就能看出来。

“首夏犹清和，芳草亦未歇。”

“扬帆采石华，挂席拾海月。”

“海鸥戏春岸，天鸡弄和风，抚化心无厌，览物眷弥重。”

……

这样的诗还有很多很多。

那些年，他每写一首诗，天下人便争相传抄。他身在永嘉，名动京城，仍然是谢氏那个一等风流、一等逍遥的小少爷，他从诗文上获得的赞赏暂时抵消了他被放逐的愤懑……又或者也不对，他变得更加自信，更加骄傲，骄傲到两次拒绝了皇帝调任他回京城的诏令。一直到皇帝派官员写信赞赏他，他才心满意足，春风得意马蹄疾地回京。

但他仍未能拥有权力，皇帝看上的是他的文学才能而非他的政治才能。于是小少爷开始消极怠工，翘班不请假，下班不回家，随心所欲四处玩乐。当时的皇帝当然不能忍，于是他又“称病还乡”了。

他又回到了他的山水之间，这一次锦心绣口的小少爷成了一名探险家。他纵游名山大川，专往奇绝处去，他的“谢公屐”也是发明于此时。但这时的谢灵运已经不是当年那个初到永嘉的谢灵运了，第二次被权力中心放逐，他内心的不甘更加浓烈，行事言语也更放浪不羁。他嘲讽当地的地方官，说他“升天必在我谢灵运之前，成佛必在我谢灵运之后”。被这样嘲讽，太守自然也不甘心，他上书皇帝，说谢灵运私自调用本郡军队防守自卫，意图谋反。

谢灵运得知此事，立刻赶回京城，上了一封言辞恳切的陈情表，名为《诣阙自理表》。

大诗人就连写这种陈情表也是文采华艳的。

“夫自古谗谤，圣贤不免，然致谤之来，要有由趣。或轻死重气，结党聚群，或勇冠乡邦，剑客驰逐。未闻俎豆之学，欲为逆节之罪……仰凭陛下天鉴曲临，则死之日，犹生之年也。”

皇帝肯定不是被他的文采打动了，皇帝放过他，是因为确实知道他是被冤枉的。

但皇帝也想给这个狂浪的家伙一点教训，他被换了个任职的地方，还降了工资。

但谢灵运的性格一点没变，还是仗着一身的才华到处得罪人，终于他又一次以谋反的罪名遭到弹劾。皇帝心想，可一不可二，但还是因为爱惜谢灵运的文采，饶他一命。

换作一般人，故事到这里就该结束了。他仍然可以纵情山水，行诗论文，他的文才和他祖父的声名是他最好的护身符——但谢灵运不甘心。

他被诬陷了这么多次，受委屈了这么多年，他想讨回来。

于是他登高一呼，召人谋反。

但他不是他的祖父，不是那个指挥淝水之战的谢玄，他的谋反大计还未开始便宣告终止。这一次，终于没有任何东西能保住他的命。

元嘉十年，谢灵运被诛于广州。

他的绝命诗仍有飒然之气，说“恨我君子志，不获岩上泯”。

但错了就是错了，往事一去不回。

不过他的诗文仍光耀千古，往后的许多人都不惜溢美之词：鲍照赞他的五言诗“如初发芙蓉，自然可爱”；钟嵘赞他“才高词盛，富艳难踪”；诗僧皎然赞他“真于性情，尚于作用，不顾词彩，风流自然”。

山水诗千古神秀，谢家的小少爷，永是东风第一枝。

WANG XIE DUI ZHAN

家族荣耀联赛之

王谢对战

文 / 明戈

【系统提示】游戏载入中，请等待……

欢迎登入家族荣耀游戏系统。

这是一款竞技对战游戏，双方家族可以选择代表英雄出战。每位英雄定位不同，也有不同的属性和技能。比赛分为两局，积分多的家族胜出。

这，不是一个人的王者，而是家族的荣耀！

可以看到大屏幕上已经出现了熟悉的游戏开局介绍，对战即将开始。

“今日的参赛方一方是有‘王与马共天下’之称的琅琊王氏，一方是顶级门阀陈郡谢氏。这两大家族人才济济，功业显赫，权倾朝野，从汉魏入两晋历南朝，互相扶持，关系极好。两家成员大部分都同住在乌衣巷，不过虽然双方友谊深厚，但看今日大家摩拳擦掌的样子，恐怕赛场上不会留情面。

“好，看来双方已经准备好了，让我们看一下双方派出的第一位出战英雄。”

琅琊王氏——王导

英雄介绍：丞相、东晋开国元勋、书法家

属性：战士　血量：10点

物攻：4点　防御：3点

陈郡谢氏——谢安

英雄介绍：丞相、政治家、名士

属性：战士　血量：10点

物攻：5点　防御：3点

“双方派出的第一位英雄都是狠角色。这两位英雄同属战士，都是声名赫赫的

宰相。”解说员看着大屏幕介绍道。

“先来看看王导。他站在原地风姿飘逸，气宇不凡。当然，他自幼便有如此气质。陈留高士张公曾在见到他后，对王敦夸赞‘此儿容貌志气，将相之器也’。其后也果真如他所说。天下动乱后，他全心全意地辅佐司马睿，政治嗅觉十分敏锐。王导在北方境内安抚各个士族，又下到南部联络南方士族，结交顾荣、贺循等有名望之士笼络人心，吴地之人也因此望风顺附，拥立司马睿。可以说王导为建立东晋立下了大功。”

解说员眼睛紧盯着屏幕，继续道：“好，我们看到王导使出了一技能——开国之剑！因为司马睿称帝后，犒赏三军，更是大大奖赏了一直追随左右的王导，为他加官晋爵，直升宰相。不仅如此，更是在先前的登基大典上连请他几次‘升御床共坐’，一时间王导风光无二，威震朝野。所以说，王导这一技能的伤害点是十分高的，狭路相逢勇者胜，若被剑锋命中，不出意外谢安将损失一半的血量。”

观众席中发出一阵惊呼。

“漂亮，谢安用了一个闪现躲开了。”解说员一拍桌子，“王导奋起直追，直接使出了二技能——忠骨无泪。此技能是他在新亭练成，每值风和日丽的日子，他都会在这里同士大夫们饮酒。”

“一日，周侯坐着叹息道：‘风景不殊，正自有山河之异。’这眼前的风景看似如旧，只是一朝山河落入他国之手，一切便已千差万别。此话一出，在座众人无不相顾涕零，唯有他一滴眼泪都没有，反而厉声道：‘当共勠力王室，克复神州，何至作楚囚相对！’所以才更应该勠力同心，为国效力，何至于哭哭啼啼像亡国奴一样。他此话一出，众人皆醍醐灌顶，羞愧不已，更觉王导气概非凡，有将相之风。

“这忠骨无泪是由强烈的爱国之心凝成的指向性技能，无法用走位躲闪。我们看看谢安将如何应对？不过看起来谢安并未慌张，依旧站在原地气定神闲，不愧是四岁时就被名士桓彝夸赞‘风采神态清秀明达，将来定比肩名士王承’的人，真是淡定。

“好，谢安一挥衣袖，使出了一技能——山水为盾。这是一项防御性技能，是由多年寄情山水，悠游隐居的恬淡之心幻化成的精神盾牌。谢安少时便曾得到王濛和王导的赏识，不过他无心做官，拒绝了朝廷。后来扬州刺史庾冰三番五次勒令他上任，他不得已去做了一个月官，最后辞职溜回了会稽。

“再后来朝廷又征召他为尚书郎，谢安也摆手推辞。吏部尚书举荐谢安为吏部郎，谢安又是想都没想便写信拒绝。可以说，谢安以一种做官有毒的态度，断绝了一切入仕可能。”

突然，大屏幕上一道光闪过。

“哎呀呀，可惜可惜，谢安竟然被二技能击中了。那么现在仅剩半血的谢安会如何动作呢？没想到护盾破裂的他竟使出了技能二——运筹帷幄！

“会稽王司马昱就曾说：‘谢安虽看起来如此，常与人同乐，但也定能与人同忧。若真有要事征召他，他肯定会应召。’而且也的确如他所言，谢安后来去应召做了官，政事军事才能无比出众的他，为王室尽心不已，竭尽股肱之力辅佐。更是在前秦宣昭帝苻坚率百万大军来犯时，在淝水带领仅八万士兵御敌，并且大获全胜，保住了整个东晋的国运。”

解说员说到这里不禁摇头赞叹。

“如果说王导是打下了这片江山，那谢安便是守住了这片江山。也难怪王谢家族能够如此强大，毕竟整个国家都是这两大家族合力托起的。”

“面对果断出击的谢安，王导将会如何应对呢？他竟然拿出了毛笔！”解说员激动得直拍大腿，“没想到王导的三技能竟然是行草之笔！”

“怪不得，毕竟王导的书法气势雄健，锋芒外露，又骨气内蕴。而且后来在东迁之时，他为保护钟繇的《宣示表》，还将其缝在袖中，发誓‘帖在人在，帖亡人亡’，足见他多么热爱书法。有此家族掌门人，也难怪后人都是王羲之、王献之这样的书法大拿。

“那么问题来了，谢安要如何应对？要知道这一击若打在身上，这局游戏就结束了。”

王导手里的笔锋一点点向谢安逼近，观众们都屏息凝视着这千钧一发的时刻。

突然，笔锋擦着谢安的脸划了过去。

打歪了？解说员张大了嘴巴，震惊道：“谢安的眼角有光闪过，他刚才用了技能！这是……”

“美男计？！”

全场观众：什么情况？

解说员连连赞叹：“哈哈，想不到啊想不到，谢安的三技能竟然是 wink！谢安是‘风神玉秀’的代表，万千少女梦寐以求的男神，甚至还曾用自己的一张帅脸帮朋友给滞销的扇子带货，扇子因此变成最受欢迎的时尚单品，城中人手一把。看来谢安一直都清楚自己的优势所在，作为一介‘风流宰相’，果然洒脱随性。

“现在场上局势可以说是大逆转，谢安趁王导愣神的短短一秒钟，已经一套组合技能放了出去。”

First blood

【系统提示】

ROUND 2

解说员：“第一局的落败似乎并未影响王氏家族的士气，第二局究竟是王氏实现惊天大逆转，还是谢氏再下一城，让我们拭目以待。比赛开始前，先来看一下双方主力英雄的介绍。”

陈郡谢氏——谢灵运

英雄介绍：诗人，佛学家，旅行家

属性：辅助。因进行过大量登山运动，擅长足部攻击。

陈郡谢氏——谢道韫

英雄介绍：东晋才女

属性：刺客。曾“抽刀出门，手杀数人”。

琅琊王氏——王羲之

英雄介绍：书法家

属性：法师。因常年悬握毛笔，腕部力量强大。

琅琊王氏——王戎

英雄介绍：竹林七贤之一

属性：射手。以“死孝”著称，泪腺发达，可凝泪为箭。

解说员："看起来场上这几位英雄真是各有千秋难分伯仲啊。比赛已经开始，谢灵运率先冲了上去，不愧是穿着'谢公屐'的人，脚速就是快。他看起来似乎要对王戎发动攻击，好，他使出了一技能——神童之赋。

"此技能来源于他的祖父谢玄，谢灵运小时候无比聪慧，博览经史。谢玄不止一次感叹'我不过生了谢瑍，谢瑍是怎么生出灵运这么个天才的呢！'谢灵运也的确不负众望，在少年时期文章便写得极好，全江南几乎无人能及。这项技能的确是不错的，可惜攻击错了人。"

解说员惋惜着摇了摇头："如果我没记错的话，王氏家族的王戎也同样有此技能流。果然，王戎也使出了一技能——奇童之眼。

"这项技能主要是因为他在儿时能直视太阳，且不头晕眼花。裴楷因此称他'戎眼烂烂，如岩下电'。六七岁时，有一次王戎在宣武场看表演，猛兽凶猛不已，大声咆哮，众人被吓得撒腿就跑，唯有王戎站立不动，面不改色。

"魏明帝曹叡看见后赞叹不已，称他为奇童。再来看场上，两项技能碰撞在一起，发出了一声巨响。好家伙，竟然双双抵消了？看来王谢两家真是个个人中龙凤，难分伯仲啊。估计除了二位外，其余天才之辈也定不在少数。"

薄烟散去，一抹矫健纤瘦的身影闪电般直奔王羲之。

"这是……谢道韫？"解说员赞叹着，"我们场上唯一的女英雄真是英姿飒爽！看她这女战神般的气势，很难想象她是个吟诗作赋的才女，而且还相当有才。"

"一次谢安同大家赏雪，即兴问道'白雪纷纷何所似'，谢朗想半天说'撒盐空中差可拟'，谢道韫见毫无美感，便修正道'未若柳絮因风起'。她就是这样一个才女，文武兼修，上拿得了笔，下玩得了刀。孙恩叛乱时，她都未逃跑，拿起刀就出了门，手刃数人。如此果敢英勇，难怪她都没犹豫，直奔王羲之就去了。要知道，王羲之可是她的公公。

"我们可以看到王羲之此时已经摆出了防卫式，作为'书圣'的他，有一样绝顶招式，那便是用隶、草、楷、行融会贯通而成的圣人笔墨。圣人笔墨以《快雪时晴帖》《兰亭集序》等惊世之作为底，可攻可防，相当厉害。不论谢道韫出文流还是武流，都能应付个十之七八。好家伙，果然谢道韫被此技能弹了回去，摔在地上，看起来似乎受了点伤。”

观众席突然发出一阵惊呼声，远处的英雄池似乎有些骚乱。

解说员瞪大了眼睛：“等等，这是怎么回事，怎么谢家全部英雄都上场了？为首的谢安看起来似乎十分生气，他估计是对侄女受伤很不满，带人来帮忙了。哦不，王家看到谢家全员出动，他们的全部英雄也跑场上来了！

“现在场面有一些混乱，这场正规的职业联赛似乎已经变成了王谢两家的街边斗殴，由于人员过多，我现在看不清是谁揪着谁的胡子……

“……哎呀我解说不了了你们自己看吧！”解说员当场撂了挑子。

一番群战后，游戏系统全面崩盘，彻底瘫痪。

王谢两家倒是和好如初，毕竟彼此沾亲带故，血脉相连。打一架当活动活动筋骨，完事后又回到了铁盟。

联赛举办方此时骂骂咧咧从后台走了出来。

“让你们两家闹！完了吧，系统也挂了，冠军也没比出来！”

王谢两家：“有什么难的，双冠军不就得了。”

“双冠军？呵，你们说什么就是什么？怎么不上天呢？”

王谢两家相视一笑：“你别说，我们还真就能上天。”

场地正中间的霓虹牌闪了闪光。

第七届家族荣耀职业联赛

特别鸣谢赞助商
王谢家族

第五章

拾遗补阙

魏晋穿越指南

文/顾闪闪、银雪

您好！欢迎搭乘“重回魏晋”号时空穿梭机，本次航班将从二十一世纪飞往遥远的魏晋时代，预计时间跨度为一千六百年以上。

出发前您需要仔细阅读必备清单。

必备一

BIBEIYI

美貌

魏晋是个看脸的时代，外貌气质这一块一向卡得死死的，这里建议您首先准备一副精美的皮囊。

在魏晋时期，什么样的长相才能被称为美男呢？首先在肤色上，当时的人最喜欢冷白皮，将肤白貌美的男子奉为“玉人”，谈玄大家王衍便是玉人的代表。他的容貌端庄清秀，平时总是喜欢手拿一把白玉柄的尘尾，远远看去，玉柄与他那雪白的手浑然一体，竟看不出分别。

当时的男子为修饰肤色，常常傅粉。大家赶快检查一下自己的行李，看看防晒霜和粉底液都带够了没有，需要的朋友可以从乘务员那里购买。建议大家多囤几瓶，说不定到了那边，还能做上几笔美妆生意。

比起高鼻梁，魏晋人更重视大眼睛，如果您有一双会说话的眼睛，当时的人通常会默认，您也有一颗水晶般通透的心。西晋年间的朝廷重臣裴楷的眼睛就特别好看，王衍形容他望着自己的眼神——“双眸闪闪，如岩下电”，令人梦寐难忘。

必备二

气 质

说到这里，您可别误以为当时的人只看脸。事实上，徒有其表的花瓶在当时并不吃香，与生俱来的气质才是决胜的关键。

魏晋时期盛行品评人物，朝廷凭此用人授官，名门望族据此交友，而评价表的第一栏便是“神味”。阮籍“傲然独得”，谢安“风神秀彻”，王羲之“飘若游云，矫若惊龙”，卫玠“冰清玉润，不胜绮罗”，“酒中仙”刘伶虽矮小丑陋，但他放浪形骸的气质是旁人无法效仿的，因此他能与嵇康、阮籍等大帅哥并称为“竹林七贤”。魏晋是个极度尊崇个性的时代，无论你处世多么狂放不羁，在这里都能寻到知己，此所谓“魏晋风流”。

为了今后能更好地融入魏晋社会，这里建议大家入手一本临川王刘义庆编撰的名士百科《世说新语》。这不仅仅是一本帅哥图鉴，更是一部专业的名人轶事集。出门在外，可别吃了没文化的亏，遇到帅哥开口就是“啊啊啊，哥哥我爱你”，小心被当作冒认亲戚吊起来打。

必备三

住宿预订

时空穿梭机着陆后，您可以根据经济能力，自行选择下榻环境。如果您荷包够鼓，大可以穿越到门阀士族之家，入住豪门云集的乌衣巷，在觥筹交错间对着秦淮流水，赏燕子双飞；要是觉得在皇城脚下压力太大，那不妨去谢安的东山别墅小住几天，每日同名士僧侣一起渔弋山水，和谢道韫一起咏雪清淡，潇洒又自在。

魏晋时期，大姓士族一家往往有数十人，仆从更是达到了几千人之多。为了容纳这些人口，豪富们纷纷开山掘地，建起私家园林，最典型的便是西晋石崇的“金谷园”。传说，石崇的生活奢靡至极，他的园中楼台万状，珠翠千行，就连厕所中也常有十多个婢女身着华服，手拿着锦绣香囊侍列在旁。厕所中常备甲煎粉、沉香汁等用于净手，上厕所前穿的衣服，出去时便不再穿了，换作新衣。不仅如此，士族之间还喜欢互相攀比，你家有的我家便不能没有，为此他们搜刮民财，穷尽豪奢，有时候仅仅为了炫耀，便浪费了无数的珍宝。

但您如果买不起头等舱的票，付不起高昂的住宿费用，那我劝您还是慎重考虑，是否要继续这场旅行。因为曹孟德笔下“白骨露于野，千里无鸡鸣”的汉末惨象到了魏晋时期依旧没有改善，连年的征战和贵族土地的兼并使百姓的生活更加水深火热，选择普通民宅的旅客常有饿死在茅屋的危险。

必备四

餐食预订

住宿的问题解决了，就该满足口腹之欲。

主食方面，从北方迁移而来的汉人保留着吃面食的习惯，因此汤饼和胡饼随处可见，王羲之就凭借着“坦腹东床啮胡饼”的不羁姿态娶到了如花美眷。在旅行途中，您也时常能目睹风流名士相对大吃汤饼的景象。

然而身处鱼米之乡，人们最依赖的还是水稻。南渡的衣冠士族把先进的耕作技术带到了江南，《齐民要术》中记载了一种著名的“蝉鸣稻”，据说这种水稻在蝉鸣时节收获，饭熟之时，香飘七里，不配菜都能吃上三大碗。

配菜方面，那可就有得唠了。魏晋时期，南北人口空前大融合，美食也交汇在一起，烤串、涮肉、乳制品应有尽有；东吴的三万精锐水师一直打到了台湾、海南岛，舰船带回的烧腊、椰子和各种海鲜丰富了魏晋人的食谱；南渡士大夫的开荒种地风潮也盘活了魏晋的餐饮业，冬葵、芥菜、胡（黄）瓜、芋头、蘑菇等在当时的菜市场都能买到。最重要的是，中华美食的烹饪精髓——“炒菜”就是当时发明出来的，魏晋人不仅会做炒鸡蛋，还会在其中加入盐、麻油、豆豉等提味。可以想象，当时人的口味和如今我们的口味已经比较接近了。

此外，来到建康必须尝一尝传说中的“莼菜羹”“鲈鱼脍”，这可是来到吴地必打卡的美食。“莼菜”即江浙盛产的“马蹄菜”，晋人将其与鱼肉调味后同炖，做成的羹汤鲜美无比。“鲈鱼脍”用今天的话来说，就是“鱼生”。当时的人会在鲈鱼最肥的时节，将其打捞上岸，鲜切成丝，与蒜、姜、盐、白梅、橘皮、栗肉和粳米饭同食，搭配一壶“刘伶醉”，风雅至极，所谓“金齑玉脍”，就是指这种吃法。

必备五

服饰

为了帮助大家更好地融入当时的名流界，本次旅行特提供换装项目，为您量身定制魏晋形制的精美服饰。如果您不满该项附加消费，也大可以裸着，反正魏晋人奉行的终极时尚就是能不穿就不穿。

魏晋时期，士大夫的服装款式其实和东汉差不多，但相较东汉的端庄持重，魏晋名士们更追求清新飘逸，广袖低垂，衣带当风，全家往街上一走，那就是大型神仙 cosplay 现场。

以女装为例，魏晋时期的女子服饰保留了秦汉深衣的特点，却已然玩起了混搭，除了搭配曳地的各色褶裥裙外，她们还发明了一种名为“纤髾”的装饰品。所谓“纤”，是指一种固定在衣服下摆的丝织三角巾，这些三角巾层层相叠，如同莲瓣般绕身一周，纷繁美丽；而“髾”则是指从围裳中延伸出来的长长飘带。在顾恺之的《洛神赋图》中，我们就可以看到这样的服饰，洛神纤髾斜飞，漫行云间，当真是“飘飖兮若流风之回雪”。

待清单确认完毕后，您便可开始此次旅行。

第一站

DI YI ZHAN

采访美男卫玠

作为魏晋头号美男，卫公子绝对能满足你对男神的所有幻想，他家世显赫、学识渊博，举手投足都风度翩翩。卫玠与你初次见面后，便邀请你坐进了他的精装高奢敞篷……牛车里。

没错，在魏晋时期，马车是皇家专供，哪怕是贵族也得坐牛车。与马车相比，它的唯一缺点就是时速慢了点。

魏晋的审美偏爱阴柔，因此，这个时代的“美人”二字是男女通用的，卫玠公子更是完美地诠释了什么叫雌雄莫辨。

你礼貌地和卫公子打了招呼，但没多久你们之间的气氛就尴尬了起来，因为他似乎不太愿意接受采访，能点头就绝不说话。

不要误会卫公子性格高冷，他这般沉默是因从小体弱，却是个话痨，有时候说着说着就会晕过去，所以出门在外便不敢多开口。让一个话痨走高冷路线，可真是难为他了……

你见卫玠连连叹息，于是问道：“卫公子有什么烦恼吗？”

卫玠摇头道：“我最大的烦恼就是太受欢迎，每次出门都会吸引大群的追捧者，让我的回家路无比艰难，我很累……”

卫玠话未说完，你听到了一阵此起彼伏的尖叫。

“卫公子，我爱你！”

“啊，卫公子看我了！我要嫁给你！”

作为在历史长河中独树一帜的奔放朝代，魏晋的女子们敢于大胆表露自己的倾慕之情，并且还会付诸行动——譬如将瓜果美食投掷到卫玠的牛车上，并且颇有互相攀比之风，看看谁能将水果投进卫公子的怀里。

这个时代的代表水果有山桃、李子和柑橘，个头不大，砸人倒是挺疼，你护着脑门，庆幸此时西瓜尚未被引进。

而卫玠已然被埋在了水果堆中欲哭无泪：“求求别投了，我想回家……”

第二站

DI ER ZHAN

竹林七贤初体验

你好不容易逃出来，心想要不还是去找些体格强健的人来采访吧，比如竹林七贤就不错。

决定后，你便被闪送到了一片竹林里，远远地就听到了悠扬的古琴曲，那是伟大艺术家嵇康的代表作《广陵散》。

你的脑海中已经开始想象这七位贤者的高雅风姿，一定是衣袂翩跹的儒雅男神！

然而……

当你来到他们面前时，那得是付出了多大的努力，才能扯出这一抹尴尬而不失礼貌的微笑啊！

这些男神，和你想象中的差距有点大……

首先，扑面而来的就是一股浓烈的汗臭味。

说好的雅士呢？幻灭啊……

这是他们魏晋名流的特色，美其名曰不拘小节，管半个月不洗澡叫作潇洒，读书人的味儿怎么能叫汗臭呢，那是透着书卷气的天然体香。他们的粉丝可为之倾倒呢。

更可怕的是这七位大叔还格外热情，抢着拉着你坐下。其中那个抱着酒坛的阮咸最为奔放，他一边打着酒嗝，一边无比自然地从身上……捉下了一只虱子。

“我们只想做个无拘无束的狂人，奈何人气太高，做什么都会被争相效仿，真是让人苦恼呢，听说建康城中的薄纱都涨价了。”

说着，他特地炫耀般地抖了抖身上的外衫，让你忍不住翻了个白眼。

魏晋流行食用“五石散”，吃了以后浑身燥热，因此人们偏爱宽大轻薄的衣袍，甚至演变出了一款前无古人的流行装——

外罩仿若无物的薄纱，贴身穿着吊带褒衣，那吊带还是露背装……

最关键的是，这种新潮造型很快就成了魏晋的一大特色，满大街都是袒胸露背的大老爷们。

你呼吸一滞，痛苦地捂住了眼，心想有点……辣眼睛啊。

第三站

D I Y I Z H A N

探寻富豪石崇

论魏晋谁最有钱？当属石崇，他不仅爱炫富，还喜欢炫耀自己私藏的美人，每每府上来客，他都会让姬妾们当众献舞，于是千人女团就这样诞生了。

团长绿珠是石崇最喜欢的爱妾，当年他路过一地，慕绿珠美貌，便将她聘回了家。

石崇对绿珠有多喜欢呢？他不仅为她建楼，还让她在千人女团里C位出道。

“亲爱的，我们家一千来号姬妾，走位是要排顺序的：行时无声者在前面，发钗艳丽者走后面。我让你走在最前头，但你一定要注意，走路不可以有声音。”

这是他将绿珠纳进家门后，对她说的第一句话，绿珠姑娘当时就蒙了……

但她不仅很快就适应了，而且因为舞艺超群，逐渐成了石崇心中独一无二的白月光。

很凑巧，此前石大人刚拿着五十里也就是两万五千米的丝绸做步障，赢下了斗富比赛，所以心情很好地和绿珠一起接受了你的采访。

你很好奇，在石总裁的心里，绿珠姑娘的分量到底有多重，没想到石总裁说：“当初我以几斛珍珠聘她，现在后悔这聘礼下得太便宜，不管是谁用多少财富换她，我都不会答应的。”

得此示爱的绿珠很感动，并且也表示此生唯石郎一人。

“这对我嗑到了！”你被狗粮填饱。

但事实是没过几年，一位奸臣当道，想要强行夺走梁绿珠。石崇为了保护她而获罪，绿珠为了恪守忠贞，从石崇为她修建的绿珠楼上一跃而下，以死明志。

他们的故事，终究是悲剧。

特别提示：本次旅行途中不设购物点，望理智消费，量力而行。沿途或许会有人向您兜售一种名为“五石散”或“五行散”的口服药，宣称这是上流名士的标配，说服了药就能像何晏那样皮肤白里透红，精神焕发，还说此药兼有瘦身之功效，请千万不要上当！

此物是一种“慢性毒品”，服下后会令人神志不清，莫名地兴奋躁动，浑身发热，如不及时脱衣“行散”，很容易当场暴毙。即便“行散”得当，长期服食，也会致残、致瘫，甚至导致死亡。时空安全局在此提醒您，见到此物应当即销毁，远离“五行散”，从你我做起！

Y A S H E J I J I E

雅社集结

文 / 白斩鸡

谁是当朝第一天团

圈子　文学　风流人物

魏晋南北朝的风流人物不胜枚举，你们觉得谁的文学素养最好？

关注问题　写回答　邀请回答　　好问题 220　评论 27　分享　……

查看全部回答……

曹操 曹魏集团的创始人/文武双全/正经人

谢邀，人在马场，刚下马。等会儿有个会议，趁午休时间回答一下。

这道题的答案很明显，那就是我和我的儿子曹植。《观沧海》与《龟虽寿》想必各位都不陌生，作为日理万机的老板，在每天数不尽的开会和出差打仗之间，能抽空写诗还写得很有水平的人，应当仅此一家。

不过今天我重点想讲的是子建，也就是曹植。这孩子从小就喜欢读书，而且很有天赋，小小年纪就文思敏捷，让人眼前一亮。长大后一篇《登台赋》不仅是众多名士中率先完成的，而且词藻华丽、语句优美，堪称名品佳作，让我相当长脸。

赞同（150）

评论：

钟嵘：子建的诗为上品，骨气奇高，词采华茂，情兼雅怨，体被文质，粲溢今古，卓尔不群。搞文学创作的都知道，一个人的作品与作者有着密不可分的联系，反映着他的思想与心境。

曹操：子建的《曹子建集》刚出版不久，我订购了一千套放在评论里赠送，希望大家多支持。

曹丕：爹，明明是三个人的剧情，我却不能拥有姓名吗？

曹操回复曹丕：建安文学有你一份，但前途漫漫，仍需努力啊。

王粲 建安七子/小作家

说起建安文学，除了三位曹老板，还应当有我们建安七子。

建安七子又叫邺中七子，是曹丕给我们取的，他在《典论·论文》中评价我们：“今之文人，鲁国孔融文举、广陵陈琳孔璋、山阳王粲仲宣、北海徐干伟长、陈留阮瑀元瑜、汝南应玚德琏、东平刘桢公干。斯七子者。于学无所遗、于辞无所假，咸以自骋骥騄于千里，仰齐足而并驰。”说实话这个评价很高，我们有些受宠若惊。

建安七子中大家比较熟悉的有阮瑀和孔融，阮瑀是阮籍的父亲，而孔融让梨的故事应当早已家喻户晓。和三曹相比，我们的作品比较杂，五言诗、散文和辞赋都有涉猎。《荐祢衡表》《与曹公论盛孝章书》是孔融的散文代表作；而陈琳曾写过有名的檄文《为袁绍檄豫州文》讨伐曹操，痛斥他所犯下的罪恶，却万万没想到后来他又辗转去了曹操的麾下，其经历极富戏剧性。而我因为《七哀诗》《登楼赋》有幸被称为建安七子中成就最高的人，这让我觉得非常荣幸。

我知道，我们建安七子的名气不是特别高，但就当为自己做做宣传，也希望大家多来看看我们。

赞同（150）

评论：

刘桢：支持。

徐干：我很喜欢刘桢写给我的《赠徐干》，推荐。

陈琳：小透明作家冒个泡让大家认识一下。

应玚：点击头像可看主页作品哦。

孔融：我是孔融，我不止让梨，我还为自己代言，多来了解了解我吧。

圈子　奇葩　风流人物

我有个朋友喜欢在家裸着喝酒，你们遇见过类似这样的奇葩事吗？

关注问题　写回答　邀请回答　好问题 230　评论 55　分享　……

匿名回复

说到奇葩，我想说一下曹操此人。

他有个怎样的外号，大家应该都听说过吧，不知道的话，我来解释一下。

吕布有一个手下叫秦宜禄，他的前妻杜夫人当时留在下邳，因为生得貌美如花，关羽就跟曹操说想娶她。本来这没什么，坏就坏在关羽心急，和曹操提了好几次，惹得曹操在意起来，心想：到底是怎样的美人能让关羽如此念念不忘。哪知曹操一看到她就走不动路了，后来他二话不说就回绝了关羽的请求，将杜夫人纳为自己的妾室。

看看，这是人干的事吗?

还有一次攻打邺城，曹操一进去就让人去找袁熙的妻子甄氏，就因为听说她长得漂亮，还说自己就是为了她才攻打邺城。

我都无语了，你就说他好好的大老板居然有这种癖好，是不是奇葩?

赞同（150）

评论：

曹操：这么了解我的事？我知道你是谁了。

曹植：兄弟，危。

高长恭 面具批发商/扮丑达人

我不请自来。有人说我奇葩，但其实我想为自己正名。

行军打仗讲究的是效率，只要能击退敌人，我什么都愿意做。我不是故意扮丑，爹娘给的容貌我无法改变，但它影响了我的工作，我只能戴面具隐藏自己的真实样貌。若是恶鬼能给敌人带来震慑，岂不是更好?

至于有一次作战太猛，因为戴了面具甚至自己人也没认出我来，那只是意外，而且我当时立刻把面具摘了，没有影响后面的战事，应该不是什么大问题吧?

——分界线，更新回复——

什么？有人说这样的反差萌更好嗑了?

不至于吧?

我真的只是想好好工作而已。

赞同（150）

评论：

左思：我吃柠檬，酸了。

左思：另，有没有人做美人面具，需求量大，速来私信，谢谢。

高欢 北齐集团的创始人/心累老父亲

我的苦应该无人能知，因其具体涉及家事。我只能说长恭你这不算什么，我的儿子们才都是不省心的货。

唉。

高澄这个人不学好，小小年纪就被郑大车教坏了，真是让我失望。

还有高湛这个人，脾气不好暴虐至极。听见有人说高孝瑜比自己人气高就怀恨在心，在别人结婚的大喜日子上，生生灌了高孝瑜三十七杯酒。就这样还不够，在高孝瑜回去的路上，高湛还让人给他喝毒酒害死了他。

后来高湛听说高孝瑜的弟弟高孝琬因为记恨他，把他当草人射箭，心里就有了疙瘩。不久，有不怀好意的人污蔑说高孝琬对着高湛的画像夜夜哭泣，高湛一下子就炸了，简直太不吉利了！于是他新仇旧恨一起算，把高孝琬杀了，殊不知那张画像其实是高孝琬父亲的画像，他只是在哭他的父亲而已。

不仅如此，高湛的迷信心理还让他将自己的侄子折磨致死。当时由于一些天文现象让高湛觉得不祥，他心中本来就不太高兴。正巧碰上他的侄子高百年学习书法，写了数个“敕”字，这个字有皇帝颁布诏令的意思。高湛见到觉得被冒犯，以为他有谋反之心，于是让人换着花样折磨高百年。高湛不仅命人将他乱打一顿，还让人拉着他边走边打。高百年百般求饶，甚至声称自愿给高湛做奴隶，都没能让他停下来。造孽啊！

还有我那个孙子高延宗，见了鬼了，干什么不好喜欢随地大小便，还让别人……让别人……不说了，呕……

赞同（150）

评论：

高长恭：你赢了，打扰了。

曹丕：你们家的基因真的没问题吗？

圈子 工作 退休生活

我不想工作了，有没有什么快速退休的方法？

关注问题 写回答 邀请回答 好问题 230 评论 16 分享 ……

阮籍 竹林七贤/酒中之霸

我也想知道。

虽然酒好喝，但我感觉再喝下去就要中毒了。

在线求一个逃避的办法。

赞同（150）

评论：

嵇康：看看我，不仅炒了老板，而且这辈子都不用见了。

阮籍回复嵇康：你太狠了，我学不来。

刘伶 竹林七贤/放荡不羁的酒狂

这个问题不是很简单？打流（无职业，在外游荡）啊。

只要你当个废物，就没有老板想要你。

我就是这样的。

赞同（150）

阮咸 竹林七贤/神解/音乐天才

刘伶，你别误导人家，你可不是废物，只是性格随意了些，废物可没有流传百世的作品。

不过这说明什么，说明不正儿八经工作的话，做专业生也是不错的。

只要你有一门热爱且熟练的手艺，它就能让你活下来，人生没有唯一的标准。

你看我这样的音乐生，不也混进“竹林七贤”了？

赞同（150）

王戎 竹林七贤/节约生活推广大使

家里有钱。

赞同（150）

评论：

山涛：你们是来扎心的吗？

向秀：我觉得这些办法一个都不能用……

收起

《世说新语》
八卦报道

文 / 白斩鸡

美男吸粉大揭秘，东施效颦不可取

坊间传言，本朝不少美男对于吸粉引流一事，都有一套自己的方法。

据前方发来报道，有“傅粉何郎”一称的何晏觉得：“看人先看脸，冷白皮才是美的终极秘籍！”[1]若是先天条件不够，也可以向另辟蹊径的王衍取经，他认为：“纤纤玉指[2]，洁白如玉，手控也有人爱。”

“玉人”[3]裴楷认为：“只要长得好看，360度无死角，还愁没有粉丝吗？”颜值顶流潘安则打着饱嗝表示：“多出门逛逛，只要流量够大就会有无尽的粉丝。喏，刚收到他们送的新鲜水果，大家快来尝尝。”

在分食水果的过程中，饱满的果肉将美男们的唇色滋润得光泽水嫩，周围的粉

① 《世说新语 · 容止》：何平叔美姿仪，面至白。
② “王夷甫容貌整丽，妙于谈玄，恒捉白玉柄尘尾，与手都无分别。”
③ “裴令公有俊容仪，脱冠冕，粗服乱头皆好，时人以为“玉人”。”

丝们再次爆发出阵阵尖叫。

这时采访忽然出现意外，一名嫌疑男子冲入人群，导致现场一度混乱。

事后该男子被捉拿，记者上前采访，询问其为何扰乱秩序。该男子哭哭啼啼，表示十分委屈：“我怎么就是扰乱治安了？不是潘安刚才说的吗？多出门逛逛就有流量，我也想要粉丝啊，可是为什么街上的人都骂我！”

记者面露难色：“……您真的不知道原因吗？”

男子呆呆摇头：“不知道啊。”

记者：“这流量法则是没错，但它仅适用于美男，而您，实在是太丑了啊。”

于是该男子不顾阻拦，当街号啕大哭。虽然道理残酷，但记者在此认真提醒广大市民，人贵有自知之明，东施效颦万不可取。

史无前例疯土豪，“壕”无人性攀比心

有市民向记者爆料，近日民间多地的居民突发疾病，家家户户闭门不开。记者调查后了解到，这是由于石崇和王恺两位土豪攀比成风，对附近居民造成了极大的心理伤害。

具体情况如下：

王恺：“我家用饴糖水洗锅！”

石崇：“我家用蜡烛生火煮饭！”①

王恺：“我家步障是用紫丝布做的，足有四十里长！”

石崇：“我立马就做个锦缎的步障，五十里！”

①《世说新语·汰侈》：王君夫以饴糒澳釜，石季伦用蜡烛作炊。君夫作紫丝布步障碧绫里四十里，石崇作锦步障五十里以敌之。石以椒为泥，王以赤石脂泥壁。

石崇："我家还用花椒捣成泥刷墙！"

王恺："那我家就用赤石脂刷墙！"

石崇："我家的厕所不仅有纱帐床垫，还有衣着漂亮的美女在一旁侍候，看报聊天任何需求都能满足；出来时则供应甲煎粉、沉香汁清洗，还有新衣服更换，干净清新，保证没有一丝异味。①客人来的时候都以为走错了，还以为是卧室呢！"

王恺沉默，噔噔地跑远，过了一会儿又回来。

王恺："这是我家刚到的珊瑚树，皇帝的外甥送的，有二尺高，枝条疏密有致，是世间都罕有的宝贝！"

石崇："二尺高？"

王恺："对！"

然后石崇就把珊瑚树敲碎了。

王恺："你干吗？赔我宝贝！"

石崇欣然答应，让家里拿赔偿的东西来，于是下人拖来一车珊瑚树。

石崇："来，珊瑚树我这里多的是，三尺四尺随便挑，二尺的更多，反正我放在家里也没用，你喜欢就送你。"

王恺感觉受到了羞辱，呜呜哭着跑掉了。②

画面中断。

以上就是现场报道，记者在观看的时候也多次感到心里不适，希望有关部门对此情况进行整治，还普通民众一个和谐平等的生活环境。

权益侵害不可怕，及时维权最重要

昨日记者在市人才服务管理中心发现，有几人时常蹲守在附近踌躇，上前后了

① 《世说新语·汰侈》：石崇厕，常有十余婢侍列，皆丽服藻饰。置甲煎粉、沉香汁之属，无不毕备。
② 《世说新语·汰侈》：石崇与王恺争豪，并穷绮丽，以饰舆服……恺惘然自失。

解到他们是国家三强上市企业的员工，因对公司老板曹操有不满情绪，正在犹豫是否上诉。

其中一名士兵认为老板提出的望梅止渴①属虚假宣传，压榨并伤害了员工利益，需要负法律责任。

而另外两人则向记者揭露了老板犯下的两起命案。

崔琰："你是不知道，老板这人疑心可大了！有一次他马上要接见匈奴来的使者，但因为自己长得不太好看，怕有损国家的威严，就想了个办法。他叫我来演戏，假扮成他坐在位置上，他扮成侍卫站在旁边。本来一切很顺利，使者什么也没发现就走了。偏偏老板又派人去问使者觉得魏王怎么样？使者老实巴交地说：'魏王很好，儒雅威严，不过我觉得旁边那个带刀侍卫更厉害，看起来像个狠人。'然后使者就被杀了，就问你觉得可怕不可怕。"②

歌女："就这？那是你们没见过老板的替身攻击。我有个同事的工作能力特别棒，虽然说为人不怎么样，但是工作嘛，干得好不就行了？老板喜欢听人家唱歌，又总是被她气得要死。要我说，实在不喜欢就炒鱿鱼嘛，可是老板的脑回路不一样，他一下子找了上百个人一起做声乐培训，心想：就不信找不到个替代品了。后来真有一个人和我同事唱得一样好，老板很开心，最终把我同事杀了解气了。"③

士兵 & 崔琰："……噫。"

目前记者已经将这些材料核实，待整理后便向上提交，后续结果请耐心等待。

①《世说新语·假谲》：魏武行役，失汲道，三军皆渴。乃令曰："前有大梅林，饶子，甘酸，可以解渴。"士卒闻之，口皆出水。乘此得及前源。

②《世说新语·容止》：魏武将见匈奴使。自以形陋，不足雄远国，使崔季珪代，帝自捉刀立床头。既毕，令间谍问曰："魏王何如？"匈奴使答曰："魏王雅望非常，然床头捉刀人，此乃英雄也。"魏武闻之，追杀此使。

③《世说新语·忿狷》：魏武有一妓，声最清高，而情性酷恶。欲杀则爱才，欲置则不堪。于是选百人一时俱教。少时果有一人声及之，便杀恶性者。

香水无毒但有味，自由恋爱需谨慎

近期一位叫贾充的人喜嫁女儿，引起了社会多方的关注，亲友邻里纷纷前来恭贺，非常热闹。但据记者所知，其中的故事另有隐情。

新郎姓韩名寿，曾是贾充的手下，因为相貌堂堂，来贾充家里上班的时候，贾充的女儿贾午对他一见钟情。于是贾午让婢女去韩寿家里介绍自己。婢女尽职尽责，不仅把小姐吹得天花乱坠，而且声称小姐一见到韩寿心里就小鹿乱撞，见不到则日日思念，可谓一片真心！

韩寿一听说领导家的白富美这么喜欢自己，非常心动。在婢女的牵线下，两人的关系从暗送秋波飞速进展到彻夜留宿。虽然贾充家有围墙，但为了见到漂亮的女朋友，对于韩寿而言，翻墙这点事也不算什么！

但不久之后贾充渐渐发现了异常：女儿最近越来越爱打扮了。他猜测是不是女儿谈恋爱了，同时贾充总觉得韩寿身上有股熟悉的香味，这种香皇帝只赏赐给了自己和另一个人，难道是……贾充有了个不好的联想，但他首先得寻找证据。

如果女儿真的恋爱了，她和韩寿是怎么见面的？贾充看着家里的围墙，有了想法。他声称家里进贼了，要加固围墙，以便在施工的过程中仔细观察。不久后果然有了发现，他在东北角的墙上发现了有人翻越的痕迹。

贾充把婢女叫来拷问，果然一切如他所料。尽管他不理解，但生米已经煮成熟饭，事已至此，贾充只好把女儿嫁给了韩寿。[①]

记者在此呼吁：青年男女自由恋爱需谨慎，爱护自己，结婚请走正规程序！

前方报道记者：刘义庆

①《世说新语·惑溺》：韩寿美姿容，贾充辟以为掾。充每聚会，贾女于青璅中看，见寿，说之，恒怀存想，发于吟咏……乃托言有盗，令人修墙。使反曰："其余无异，唯东北角如有人迹，而墙高，非人所逾。"充乃取女左右婢考问，即以状对。充秘之，以女妻寿。

图书在版编目（CIP）数据

魏晋美男志 / 古潮编著.
—武汉：长江出版社，2021.7
ISBN 978-7-5492-7803-9
Ⅰ.①魏… Ⅱ.①古… Ⅲ.①历史人物－中国－魏晋
南北朝时代－通俗读物 Ⅳ.①K820.35
中国版本图书馆CIP数据核字(2021)第148491号

魏晋美男志 / 古潮 编著

出　　版　长江出版社
（武汉市解放大道1863号　邮政编码：430010）
选题策划　漫娱图书　杨宇峰
市场发行　长江出版社发行部
网　　址　http://www.cjpress.com.cn
责任编辑　罗紫晨
特约编辑　郭　昕　买嘉欣　王　琼　刘憬轩
总 策 划　熊　嵩
执行策划　罗晓琴
装帧设计　殷　悦　刘江南
印　　刷　深圳市精彩印联合印务有限公司
版　　次　2021年7月第1版
印　　次　2025年3月第12次印刷
开　　本　710mm×1120mm　1／16
印　　张　12.75
字　　数　195千字
书　　号　ISBN 978-7-5492-7803-9
定　　价　45.00元

电话：027-82926557(总编室)　027-82926806（市场营销部）